文様記

歴史に私を織りこむ遊び

羽生清

ほんの木

『文様記』目次

はじめに

桜は待つとき初花がいい。咲きそめたときが一番と思っていた昔の私。今は桜吹雪のなかを歩くのが好きになりました。残花にも見所がある。余花の見方が余生を楽しくする、そんな気がしています。

桜と言えば西行の歌、

吉野山去年《こぞ》の枝折《しお》りの道かへてまだ見ぬかたの花を尋ねむ

去年、枝折って道しるべをつけた山の桜ではなく、今年の花を見たい。初体験の試みこそ、ドーパミンによる神経回路の活性化を促すようです。

人生百年時代などと言われています。体に対しては、栄養や運動など研究が進んでいるようです。科学的医学的な成果も大事ですが、生きていたいと思わす何かがなくては、始まりません。健やかに生きるために大切なもの、それは心おどる何か。

何かを育むものは、心と体に染み込んだ記憶の数々。けれど、それを懐かしんでいるだけではすみません。世の中は激しく動いています。昨日の事件は今日もう古く、今日は明日の昔になっています。変わらぬものなど、あるのだろうか。

西行の歌いま一首、

ときはなる花もやあると吉野山おくなく入りてなほ尋ねみむ

吉野の山奥には散らない花が、ひょっとして待っているかもしれない。移りゆく時、逝ってしまう人。けれど、古典の中には、いつでも会える人がいます。散らぬ花のように思える作品を身のうちに取り込むことで、生きにくい世を楽しくする術はないか。

人の生きる時間と場所は限られていますが、本を読むと、出会えない人にも遭遇できます。子ども時代の人生設計では、自分の部屋を持ち、八時間はたらいて後は読書を楽しむというものがありました。そのためには、経済力が必要と考え、私は一九六三年、京都工芸繊維大学でデザインを学びはじめました。大学の図書館で小説を借りて読みふけりました。

一九六九年、結婚し、夫の家に入った私は、憲法の定めた男女平等、個人の尊重など何処の国の話かと思いました。婚家の不可解さと共に、父が洋画家と称していた実家の奇怪さと自身の傲《ごう》慢《まん》さを相対化することが出来たような気がします。価値の相対性は、違う場に身を置いて初めて発見できると思うのです。そう、結婚は、異文化理解の貴重な体験。

子が三歳になった一九七七年、縁あって洋裁学校が短期大学に変わる職場に入り、四年制大学になるまでを見てきました。

現在、孫世代の学生たちと話していると、四十年あまりの時の流れを実感します。本年度大学院の講義受講生は十六名中十四名が留学生。留学生に日本美意識の源流について語ることが私にできるのか。考えながら、これは、講義準備というより、人生百年時代の生存戦略であるように思えてきました。異文化理解は、いつの世にも必要だったわけですが、とりわけ、これからの時代、多彩な価値観に対して開かれていることがサバイバルの条件となってゆくのではないか、と。芸術や文化は交流あってこそ、展開してゆく分野です。

違うから面白い。異なるから知りたくなる、そんな場が増えている今、首脳外交とは別な若者たちの相互信頼が深まっているように思うのです。「反日教育から学んだのは、善良な市民を極悪非道にする戦争」と、話してくれた中国女子留学生もいました。国家による歴史認識とは違う、一人ひとりの出会いが作る国と国の関わり。

国籍の違いより、男女の違いの方が大きいと今更ながら思いました。男性仕様の仕組を変えずに、男の人と同じ義務を持って長時間、働くのは大変です。

結婚の翌年、私は松下電器産業株式会社（現、パナソニック株式会社）中央研究所の意匠部企画室で働きはじめました。「企業戦士」を支えて家庭を守る「良妻賢母」が期待されていた性別役割分担社会に抗して働く女に、世間の目は厳しかったものです。男の職を奪う女、家事を蔑《ないがし》ろにする女。そんな声を耳にしながら、これは、侵略戦争で惨敗した男たちが熱を上げる経済戦争と銃後の妻が励む産児報国か、と思いました。憲法二十七条に謳われる労働の義務は男だけのものので、女の労働は子を産むことなのか、子は天からの贈物、労働生産品とは違います。

仕事自体は、男の常識と違う発想が面白がられて、楽しいものでした。同時に、厳しい競争社会のなか弱音も吐けずに働き、お給料を袋ごと妻に渡す男性の過酷さも目にしました。仕事に未練はありましたが、妊娠六ヶ月で退社しました。家事に育児が増えてなお、労働する体力はありませんでした。

男性が組織を作って、設計図を描いて大量生産する、それが近代でした。人間は部品が一つ欠けると動かなくなってしまう機械とは違います。右手が使えないときは、左手で何とか家事をこなす、大事な人を亡くしても、心に生きて助けてくれる、そう信じ今日をまわす。そんなふうに考える、それは、血管を柔らかにしておくことと同様に肝要なこと。

現代のITもAIも男の生産システム。と書いて、生活の言葉だけではなく機械の言語にも長けた女性の多い事実に気づきます。これからの技術は、機械システムであるより、経済や社会を含みこんだ生命システムのようなものへと変わってゆくのではないか。身体のなかに月の廻り、天体の動きを取り込み、頭上と足下の天と地を感じ取っている女性のリズムに感応するような。

制度が要求してきたジェンダー以外、女と男にそんなに違いがあるわけでない、男女を分ける線は溶解しつつあると思う一方で、どんどん自然から離れてゆく技術環境のなかで、自然である女性の体が悲鳴を上げているようです。

戦争の最中、一九四四年に生まれた私は、その年の悲惨について、その後、多く見聞きしました。幼い日、大人たちが子どもに知られないようにしていた話に聞き耳を立てていた私。それが、幼児固有なものなのか、疑い深い私の性分なのか、戦後の厳しかった状況に因《よ》るものか、定かではありません。けれど、時代の気分を無意識のなかに貯め込んでいるのは確かです。占領下の日本で飢えに苦しんだ少女時代、何もなかったけれど、夢がありました。

私の出会った華やかなアメリカ文化と日本のギャップは、古代日本が大陸文化を取り込んだ時と似ているのかもしれません。伝来した大陸の思考、道教、儒教、仏教がどのように日本人の心に落ち着いたのか、それは、戦後民主主義が私のなかで形成されてきたプロセスを考えるヒントになるのかもしれません。

人生の終わり近くは、これまでの疑問が氷解するクライマックス。子どもの頃、不可解であった大人の発言の意味がようやく分かってきます。実人生を絡めての謎解きは、推理小説に仕組まれた臨場感とは違う興奮。若い頃の問いに自分なりに答える工夫、歴史を自分勝手に考えてみる遊び。


『古事記』

『源氏物語』

『平家物語』


歴史も古典も外の問題として知識を蓄えても、あまり役に立ちそうにありません。過去の出来事を今日の自分と二重うつしにして初めて、歴史と自分を理解できるのではないか。

律令国家体制が生まれ、解体してゆくまでを、当事者だったと妄想して考える。『古事記』『源氏物語』『平家物語』のなかを歩き、持統天皇、女三宮、建礼門院となって生きてみる。

変身ごっこは、遊びのなかでも、とりわけ心躍るもの。俳優になって劇中人物を生きる、扮装して写真をとる美術家もいます。けれど、これは難しい。でも言葉で変身してみることなら、とりあえず誰にでも出来そうです。

楽しく遊ぶために、ゆらゆら消えてゆく言葉だけではなく、目に焼き付く映像の助けも借ります。見た映画も起こった過去も、みんな自分の物語にして記憶するのが人間。いや、私。それならいっそ、なりたい私になってみる、つまり、脚本、監督、主演、撮影、すべて自分で映画を作る気分です。映画作りには多大な資本が必要ですが、脳のスクリーンに映しだすのは、どこでも、いつでも、一人でも、いや一人でなくては出来ません。

古典のはじまり、『古事記』。そこは、混沌から生まれてくる芽のようなものに満ちています。平塚らいてうは、「元始、女性は実に太陽であった」と言っています。創世神話の大御神天照は持統天皇ではないのか。

古代と現代、人には共通する感情、世には繰り返される構造があるようです。法に基づく政。

世界帝国、唐が誕生してガバナンス（組織統治）とコンプライアンス（規範遵守）が求められた時代、グローバル・スタンダードの風に煽《あお》られて、世界基準を取り込まずには国の存続が難しかった古代、まとめていたのは持統天皇でした。

唐と新羅の連合軍に負けた敗戦国、その戦後処理に奔走していた父（天智天皇）と違って、娘（持統天皇）は唐に魅了されていたと思うのです。戦中に生まれた私が戦後のアメリカ文化に夢中だったように。その後は大きく変わってゆくのですが……。

『古事記』は、国の始原と共に、私たちが文字を手に入れた時代を伝えています。中国伝来の文字で表記される以前は、代々、口と耳で伝えられてきました。私たちは文字を手に入れて、持っていた記憶能力を喪失したのかもしれません。

耳で聴く言葉のひびき、目で観る文字のかたち。白地に形をおいてゆく快感。ゲシュタルト（形態知覚）は世界認知の基本。文字の形には時間と空間が織り込まれています。とりわけ、漢字には奥行きがあり、ひとつの文字は、同時に逆の言葉を隠しています。「光」という言葉をみる私は、その後ろに「闇」を感じてしまいます。「善」の背後には「悪」。そして、「受」の語源は、舟を前にした出会いです。それは、物を交換し心を交歓すること、だから、与えることも貰うことも意味します。そう、物事を一方からみていては駄目と、漢字は文字を通して教えています。

『源氏物語』。千年も前に、こんなにも深く人間について語る長編小説が存在したのは驚きです。『源氏物語』の凄さは、人間心理を読み解いているばかりではありません。そこに、和文成立の現場を目撃できるのです。

法治国家には記録が必要。男性は、公文書のみならず、日記も漢文で書いていました。和製漢文という特殊なものだったようですが。中国の文字、真名（漢字）を使っていた男性も、心を表すためには女性の作った仮名（かな）を借りなければなりません。仮名こそ、風土と歴史に合わせて創りだされたこの国の文字。中国から入った文字の制度を内なる倭の言葉が突き破り、仮名の流れる線が漢字を包囲する……。贈られた歌は、意味を伝えるまえに、手蹟《しゅせき》の美しさが心と心をつないでいたのではないでしょうか。だから、平安貴族は、あんなにも手習に励んでいたと思うのです。

娘の産んだ子が帝位について政治的実権を握る摂関政治。権力者になるためには、娘に天皇を産んでもらわなければなりません。そのためには娘の周りに絢爛豪華な衣裳や調度以上に、魅力的な文化サロンが必須だったのです。

紫式部は、藤原道長の娘彰子《しょうし》に仕えて『源氏物語』を書きました。『源氏物語』を読んだ一条天皇に見抜かれて「日本紀の御局」などと綽名《あだな》されてしまったように、紫式部は『古事記』『日本書紀』に詳しかったようです。

「日本紀などはたゞかたそばぞかし」と書いた紫式部は、支配者の書かせた歴史書などチャンチャラ可笑しい、真実は私の物語のなかにあると考えていました。仕事を理由に家族間の力学、国政ならぬ家政を見ぬふりをしてきた男性の行なう研究には基本的に欠陥があるのではないか。そんな気持になったとき、紫式部の啖呵《たんか》に胸のすく思いでした。

女性は邸の奥にいて、男性を待つのがよいとされた時代、共にキャリアウーマンとして活躍した紫式部と清少納言。紫式部は、女性の心が分からない男性を冷たく批評しながら。清少納言の方は、寄ってくる男性が一言いうと三言かえすかたちで。

ひとり考えていると、何かが取り憑いて思いもしない発想がやってくる、この一瞬も面白いのですが、もっと凄いのはワイワイ集まって作る時間。飛び交う言葉が生きる現場。物語を書き続けた紫式部より、会話を弾ませた清少納言の人生の方が楽しそうです。

紫式部が茫洋《ぼうよう》として幼いと書いた女三宮は持統天皇をモデルにしたと言われる弘徽殿《こきでん》大后の孫。『源氏物語』のヒーロー光源氏は、持統天皇に処刑された大津皇子の生まれ変わり。光源氏が育てたヒロイン紫上とは違う世界が見えていた女三宮。古今東西随一の小説家紫式部は、読者それぞれに物語を編むよう、女三宮を設定したと思えてきたのです。

紫式部に学んだ彰子は、一条天皇崩御後、息子二人（後一条・後朱雀）、孫二人（後冷泉・後三条）、曾孫（白河）の御代を、上東門院として生きました。父道長没後、関白となった弟たち（頼通《よりみち》・教通《のりみち》）は女院の権威が頼りでした。院政の始まりは、白河院と言われますが、実は白河院の曾祖母上東門院とも言えるのです。

あちこちで綻び機能不全に陥った律令国家体制に対して、力を持って新しい秩序を作ろうとした武士たち。『平家物語』は、宮や姫たちに女房が読み聞かせていた『源氏物語』とは違い、鍛えあげられた法師の声が琵琶の音を伴って作るダイナミックな物語空間。戦闘場面には漢語を使ってテンポ良く、宮廷生活は和語を用いて雅《みやび》に。

『源氏物語』の世界を生きようとした平家公達《きんだち》。雅に眩惑された武士は、滅びるほかありません。高貴な女人を被害者にして終わる『平家物語』。実は、女性も歴史を動かした加害者だったのではないか。院政期、政変で追い落とされる天皇や親王ではなく、女院《にょういん》が王家所領を預かっていました。武士たちは奪いとった土地を女院に寄進し、その院領を預かる形で治めていたのです。女院には上皇同様、院庁が付属していました。

そして、建礼門院徳子《けんれいもんいんとくこ》。運命に翻弄《ほんろう》されながら、『平家物語』の登場人物とは違って、長く生きた現実の徳子。目の前で子を死なせて、なお生きながらえた建礼門院、可愛い孫（安徳天皇）を抱いて海に飛び込んだ徳子の母二位尼時子。謎だらけです。謎解きの興味と歴史は書き換えられているという疑惑。権力者は、都合の悪いものはなかったと言い、歴史を捏造《ねつぞう》するのです。なんとしてでも女性の力を矮小化せずにはおれなかったこの国の歴史。と、書いてみて、実は女性たちは操る方を選んでいたように思えてきました。夫や兄弟、子の後ろで権力を行使する方が、矢面に立って攻撃される立場より都合良い。

自らの意志を生きた人は後になって誹《そし》られようと気にしない、しかし、不如意な人生は語り直されなければなりません。それが物語。

物語を紡ぐとき道しるべとなる、言葉の文、文様。『古事記』『源氏物語』『平家物語』の流れと共に、中国から取り込んだ文字が日本の文様に変容してゆく姿が見えてくるようです。『古事記』は、言葉を連ねて皇統を作りだす物語。『文様記』は、意匠を遊んで民草《たみくさ》を繋げる物語。文字から文様へ。四神（青龍・白虎・朱雀・玄武）の司る天から、四季（桜花・流水・秋草・初雪）が彩る地へと……。

象形文字に代表される東アジアのアナログ文化の帰結が日本の文様。言語には否定形があって白黒をはっきりさせますが、形による伝達方法には曖昧さが許され、それぞれが好きになるのもいろいろ。文様、意匠、漫画は、文脈とは違う形で人を得心させます。

分析的思考より総合的直感、抽象的なものより具体的なもの、論理より意匠を大切にする生き方を思いだしてみるのも悪くないのではないか。正邪を言いつのっていては争いになる、そうではなく、次に進むための形を用意する。それぞれが正義を主張すると、ぶつかってしまう。面白く生きようとすると、自分と違う生き方をしている人に興味が湧いてきます。そこから学んでみたくなります。

型の文化は古いばかりではありません。型があるから、思いが通い合う。茶の湯では、亭主、正客等、予め役割が決まっているから、深い時間が流れ、存分に「今」を楽しめるように思います。

歌舞伎の型を活かすためには、どれだけの稽古が必要か。けれど、とりあえず、三歳の役者も型に助けられて大舞台で拍手喝采を浴びることが出来るのです。型をきわめた役者は、八十歳を超えてなお初々しい少女となって観衆の前に現れます。

古典は私たちが使う言葉の根っこを教えています。いま使っている言葉との繋がりも見えてきます。今日の日本語ラップと後白河法皇の愛した歌謡に共振するものがあったりして……。いま書いている言葉がどのようにして成り立っているのかを知ることは、浮遊する情報とは違う私の内奥、ひいては人類古代からの情感に連なる道を示してくれるように感じます。

本文イラスト　羽生　清

一　鏡の巻

——持統天皇の語り

鏡は清心。心の真を映します。そのとき、人は鏡に移ります。移った人は、鏡のまえに写っています。鏡はなりたい人も映しだします。ですから、鑑として手本にもなる。『古事記』成立の背景は、中国を鑑に律令国家を作ること。唐を安定させ、周を起こした則天武后と持統天皇とがそれぞれ皇帝、天皇となったのが同じ六九〇年。泰山へ出向いて、国家平定を天に報告した武后に倣って、持統天皇も国の平和を吉野に報告せずにおれなかったのではないか。

天武と天智に愛された額田が壬申の乱の原因と思っていた昔の私。現実は、急を告げる極東情勢、それに対しての見解相異。額田との間に十市《とおち》を得た天武は、持統の夫。

持統の祖母（天智と天武の母）である皇極（重祚《ちょうそ》して斉明）は、叔父である舒明と結婚しています。皇極時代、政治的手腕を発揮したのは、蘇我入鹿。入鹿は推古時代に力を持っていた蘇我馬子の孫でした。

『古事記』のなかで、アマテラスが孫に地上の統治権を与えたように、持統は孫の文武に譲位します。その後は、文武の母の元明、元明の後は文武の姉の元正。女帝の時代が続くのです。人類の集合的無意識が大きく蠢《うごめ》くとき、それを察知する道教的センサーが女性にはあるなどと勝手に思いたくなります。

激動の時代に、日本を律令国家につくりあげた持統天皇の話に耳を傾けてください。

蘇我馬子《そがのうまこ》の墓が暴かれ巨石が残る。やがて天智《てんじ》という名がおくられる私の父、中大兄皇子《なかのおおえのおうじ》とやがて藤原鎌足《ふじわらのかまたり》と呼ばれる中臣鎌子の仕業だ。けれど、馬子の血は私の中で生きる。蘇我氏本家は大王しか行なうことのできない八佾《やつら》の舞を行ない、自分の子を王子と呼び王権簒奪《さんだつ》を謀っていたという。けれど、大后と大王とが共に王であった時代、大后を出す家に皇子たちが通い、次々王子が生まれていただけのこと。

見

亀

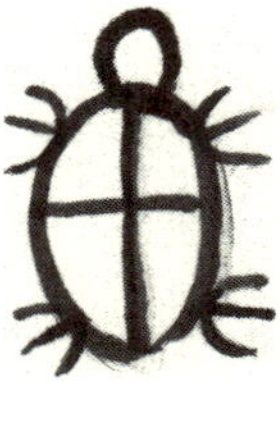

「見た」と「思う」の違いは何処にあるのだろう。私は蘇我入鹿が殺された年（六四五）に生まれた。その日、高句麗、百済、新羅三国の使者の目前で、皇極大王自慢の飛鳥板蓋宮《あすかのいたぶきのみや》大極殿が血に染まった。刎《は》ねられた首は庭に投げられ、降りしきる雨に叩かれていたという。

ひそひそと囁《ささや》かれつづけた入鹿殺害の話。私に気づくと大人たちは止めてしまう。大人たちが聴くことを許さない話こそ、本当のことだと幼い私は考えた。

子どもにとって世界は不可解。人に尋ねるのが憚られる疑問は、私のなかで増殖し、頭のなかに影が過《よ》ぎるようになった。鏡の奥から現れたような男は、まわりには無い刺すような色を持っていた。体験は時と共に淡くなってゆくのに、頭のなかで作られた影は日増しに濃くなる。

入鹿は、私の父（中大兄）と藤原鎌足に謀反を理由に殺された。蘇我氏は政を

思

行う家。政の家が神の家を潰しては、政の拠り所を失う。謀反の動機は王家にあった。父は神の家ではなく政の家になるため、入鹿を謀殺した。

入鹿は、政だけではなく、祖母（皇極）の心も摑んでいた。その入鹿を中大兄が刀を手に体当たりした。それは、母の心を得た男への制裁。息子である自分より入鹿を重用する母への愁訴。

惨殺した父は無論、許すことになった祖母にも非難が集まったおり、祖母はこれまで終身であった王位を弟（孝徳）に譲って、娘（間人《はしひと》）を大后とした。祖母は、群臣推挙による王位継承の仕組を廃止して、大王の意志で後継者を決めた。

人はどうして過去をやすやすと忘れてしまうのか。共に暮らしていた祖父が殺された日、母の魂消《たまぎ》るような絶叫を、周りはなかったように取り繕う。入鹿惨殺の五年後、父は、政を助けた私の祖父、蘇我倉山田石川麻呂《そがのくらやまだのいしかわまろ》を、謀反を理由に殺した。私と姉（大田）の母、遠智娘《おちのいらつめ》は、弟（建《たける》）を産んで亡くなった。

母を亡くした私たち三人は、祖母の宮殿に移った。祖父は私たちを等しく慈しんだ。食事の中心も子どもたち。宮殿は違う。

中央には祖母。隣には父と叔父（大海人）、叔母（間人）以下、両側に並ぶ。

会話の中心は祖母。

はじめての夕餉《ゆうげ》の折、

「ここはどうだい」

と尋ねる祖母に、

「心も広々いたします」

と笑顔で答える姉。

そんな風に思えないと考えている私に、

「おまえは」

と祖母が問う。言葉を探していると、

「そうか、気に入らないのだね」

と祖母が私の代わりに私の思いを口する。

叔母間人は、

「鸕野《うの》は居るか」

と、輝く櫛や澄む玉を持って父のところへやってくる。けれど、私は輝く日の光や澄む水の方が好き。間人は、

「せっかく女に生まれたのに」

と笑って奥へ向かう。私の心にただ映すだけの鏡が生まれたのは、抱きあっている父と叔母を見た日から。

祖母は息子たちを叱りつけるだけではない。夫を亡くし国を治めてゆく苦労は如何ばかりかと涙ぐむ。息子に策を弄した祖母も、孫の建は一途に愛した。人に怯え、物の言えない建は、姉と祖母の膝の上だけに乗った。

群臣の前では埴輪のような顔が、建を前にすると菩薩に変わる。祖母は自分なしには生きて行けない者を身辺に引き寄せ、自分なしに生きようとする者を許さない。

聡い姉は、教える人と和気《わき》藹々《あいあい》に暮らしの技を身につけた。私は鈍く、教える人を歎かせる。けれど、祖母の命で見目麗しい学僧が私たちの師になったとき、

師たちは口々に私を誉めた。師を鏡に新しい私が生まれる。
紙の奥、文字の間から立ち上がってくる形が、私の思いで色づく。私は書庫に入り、積み上げられた木簡に倭の古伝を見つけた。唐文化への憧憬で熱くなっていた私は、衝動を制御できず周りを辟易《へきえき》させる神や獰猛《どうもう》で莫迦《ばか》げた勇者に土俗の魅力を感じた。
木簡を読むには時間がかかる。倭の言葉を大陸の文字で表記する。文字が意か、音か判断できない。漢字で書くうちに違う話になってゆく。
古伝の読みにくさが空想を膨らまし、重い木簡を巻き直して外に出ると、青葉を揺らす風のなかに神々の囁きが聞こえた。神々は時に優しく、時に厳しく、そして、時に私たちを忘れないでと乞うように語りかけてきた。

祖母は、王となった弟（孝徳）が儒教を好むのを嫌った。「唯女子与小人《ただじょしとしょうじんとは》、為難養也《やしないがたしとなす》」とは何事か。養いがたいのは男。また、難波を都とした国作りを、半島情勢への警戒不足と批判して、弟と争った。
「飛鳥に戻る。難波にいると、潮風に嬲《なぶ》られて気が滅入る」

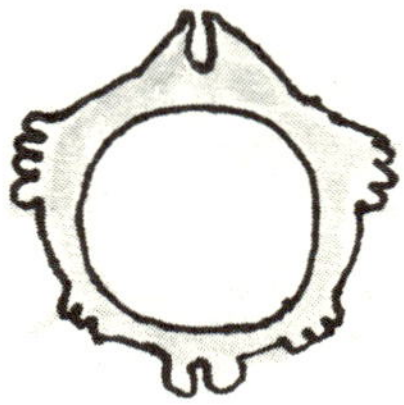

と大王を怒鳴った。祖母と父（中大兄）は、孝徳大王一人を、難波宮に残し、王族、貴族、官人を引き連れて都を出た。大后である間人が中大兄に従い、孝徳を見捨てたことに世の人は驚いた。

大王だけの都はたちまち衰え、失意の孝徳は亡くなった。次の大王は誰か。孝徳の皇子有間か、中大兄か、あるいは、群臣たちの推す大海人か。三つ巴のなか、斉明元年（六五五）、祖母は重祚して初めて二度大王となった。この年、唐では則天武后が皇后に立った。倭も何時、唐に組み込まれても不思議はない。

斉明大王となった祖母は、皇極時代とは違い、大事業を次々と試みた。「狂心《たぶれごころ》の渠《みぞ》」と呼ばれた大工事が、飛鳥を一代限りの王宮から王都に変えた。

祖母は、大陸から入ってきた文物に夢中になるときが過ぎると、倭の神々を思いだす。祖母は仏教を蔑ろにしなかったが、天と地に感応して事を興す方を好んだ。旱魃《かんばつ》が続き民が騒いだおり、斉明が亀形石のうえで雨乞いすると、一天俄《いってんにわか》にかき曇り激しい雨が降った。

斉明三年（六五七）、建は八歳で亡くなった。祖母の慟哭は、私まで呑み込む。

糸

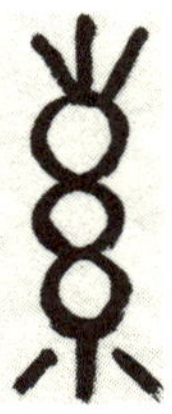

「おまえは弟が死んで悲しくはないのか」

と呆然としている私に八つ当たりする。

小さな骸が棺に納められると、祖母は建をわが陵に合わせて葬るように命じた。鬱々とした祖母は有間が病を癒した紀伊の湯へ行幸した。

祖母が飛鳥京を離れたおり、蘇我臣赤兄《そがのおみあかえ》が、有間を訪ね石造工事に熱中する斉明の失政をあげつらい挙兵を勧める。その言葉を聞いた有間は、絞首刑に処せられた。

謀議謀略の横行する政の場では、悪口が飛び交う。伯母と甥、母と子、兄と弟、姉と妹の間に結ばれる糸。表からは見えなくとも、裏で切れてる糸もある。その結びと綻びを見通せるかどうか。有間の前にも、多くの糸が切れていた。

祖母の伯母推古大王時代、国を動かしていた蘇我馬子。聖徳太子を摂政に推古朝は安定した。推古が崩御すると、私の祖父舒明が大王に即位。この三年前（六二六）に、太宗の唐が生まれる。

蘇我氏も馬子から蝦夷《えみし》に代わり、蝦夷の妹、法提郎女《ほていのいらつめ》は舒明との間に古人大兄《ふるひとのおおえ》を儲けていた。舒明が大王になると、大后には、推古の姪宝皇女《たからのひめみこ》が立った。このとき、舒明三十八歳、宝三十七歳。

能力、気力ともに大后が大王を上回った。唐からの送使接待を逃げた舒明に代わって政の前面に出た宝は、後に皇極となり、重祚し斉明となった私の祖母。

亡き舒明を讃える誄《しのびごと》は中大兄が行なう。このとき十六歳。古人大兄、山背大兄《やましろのおおえ》は、それぞれ有力な大王候補。紛糾をさけ祖母が皇極大王になった翌年、蝦夷の息子入鹿は、聖徳太子の忘れ形見、山背大兄を急襲した。大王であった祖母が、それを知らなかったわけはない。

入鹿が殺され、大王が皇極から孝徳に代わった年、蝦夷、入鹿の後盾を失った古人大兄は、中大兄の討手によって殺された。皇子や政の中心人物が惨殺された年に、私は生まれた。

私と姉の成長を待った祖母は、私たちを大海人に献上させて、父中大兄を皇太子とした。

私が、師に心乱しはじめたときだった。

「師は、唐の王家に繋がる方と伺いましたが、何故、倭へ」

と尋ねた私に、

「昔のことは忘れました。釈迦も今を大切にと教えています」

と、はぐらかす師。

「あなたのお国では、皇帝を蔑ろにして后が治めているというではありませんか」

「蔑ろにしているわけではありません。皇帝より后が政に長けているからです」

「『書経』は、「牝鶏《ひんけい》の晨《しん》」と書いて女の政を嫌う……」

「『書経』も人の作った教え。あまりに古い。則天武后が高宗に代わり政務を遂行しているから、あの国に人々が集まってくるのです」

「武后が優れた統治者ということですか」

「そう、民を押さえつけてきた者を退け、民の気持に沿って国を動かしている。広大な国土に農民の反乱が起きていないのは希有な事。時も武后に味方している」

「時……」

「作為を超えた力こそ、信じるに値するもの。釈迦は自灯明、法灯明と教えています。自分の心と自然の理を大切に生きてください」

と、遠い目をした師。

夫（大海人）は姉のところへ出かけるように、私のところへもやってくる。けれど、贈物が違う。姉の元へは花や髪飾り。私の元へは木簡や書籍。夫は、

「『老子』はどうだったかな」と、師のように問う。

「冒頭の、『天下皆知美之為美《てんかみなびのびたるをしるも》、斯悪已《これあくのみ》』。世の人が皆美しいと思っているものは、実は醜いとは不思議な見方。たしかに醜いものなどない、あるとすれば、それは醜いと騒ぎ立てる人の心」

「私は、『夫佳兵者《それよきへいは》、不祥之器《ふしょうのうつわなり》。物或悪之《ものあるいはこれをにくむ》、故有道者不処《ゆえにみちあるものはおらず》』。武器は不吉な道具で人はそれを嫌う。だから、道を身につけた者は武器を使わない。私は、本を開くといつも、そこに解決を求めている」

「また、何か問題が」

「そう、兵を訓練するための武具が足りない。兵が傷つかない剣と盾を作るには時間も費用もかかる」

「傷つかない剣と盾で訓練できるのですか」

「もちろん。まず戦の動きを体に覚えさせる。実戦では、体で覚えた動きで戦う。人の心や頭は、すぐにぶれる」

「そこが、あなたと父の違い。父は頭で動く。そして、私も」

「それも時には悪くない」

私はふっと思いついて、

「ところで、兵の訓練は二班に分けて出来ませんか。教える者には手間でも、武具は半分で良い」

「そうだ。それだ」

夫と私の話は尽きない。


斉明五年（六五九）三月、祖母は、蝦夷《えぞ》へ兵を送った。討伐のために用意された船は百八十艘。その様子を見た蝦夷は怖れて降伏した。捕虜の男女二人を献上品として、七月には遣唐使を派遣した。二人をいたく気に入った高宗と武后は、遣唐使一行を客館でもてなした。

戦好きな祖母は、今度は遣唐使を送った唐と戦うという。父も夫も、百済を救

うため唐と新羅を敵にまわすことに二の足を踏んだ。しかし、祖母は目の前の膳をひっくり返した。

「私に逆らうのか」

食前の見事な魚が床に投げられ砕けた。祖母に動転している私と、祖母に感嘆している私とがいた。このとき、斉明は老いの一徹というより、老いの風格を漲《みなぎ》らせて、一門の長であることを示していた。

百済援軍決断は状況判断の甘さではなく、息子への一方的な贈物。それを拒否する態度に、祖母は全身全霊で怒りを露わにした。母という天下無敵の支配力がそのまま大王につながった倭の権力体制。

母子密着は、母と息子だけでない。祖母斉明と叔母間人母娘も相似形。二男一女の恋物語のように、父と夫は、妹を前に愛を競った。愛というより、相手の欲しがるものを欲しがる宿痾《しゅくあ》の始まり。血を濃くして子孫を残さなければならないときといえ、同母同父兄妹の結びつきは禁忌。父は、前大王である母と現大后である妹と共に居ることで、ようやく権力に与っていた。

祖母の権力維持、孝徳の権威づけに不可欠だったにせよ、すでに五十歳を過ぎ

額田

た孝徳に十八歳になったばかりの間人は、不釣り合い。愁いを帯びた間人のたおやかな姿に強い憧憬と嫉妬に似た嫌悪を感じた私は、それを祖母と共有している気がした。

斉明七年（六六一）、祖母は百済救援のために自ら外征軍を率いた。祖母は、いつも最上階に立つ。私も遠征の舟に乗った。祖母は間人と大田、そして歌人額田王を身近においた。

私は一度、祖母に呼ばれた。祖母は、大海人と私の閨《ねや》を危惧していると真顔でいう。額田は十市皇女を産んだ。尼子娘は高市皇子を産み、大田は妊んでいる。

「おまえに何故、子ができないのだろう」

と祖母が言う。黙っている私に、

「大海人に言い聞かせておこう。けれど、おまえも務めなくてはいけないよ。難しい文字ばかり読んでいないで、男の心というものについても考えてみなくては」。

大陸の学問は面白かったが机上の空論。夫が話すのは倭の現実。そこには、ままならぬ世を動かす智恵があった。夫は私を前に、事の扱いをまとめる。声にすると想いが一歩、現実に近づくという。けれど、こんな話のあと抱く気になれないだろう。私を話し相手に、母親の呪縛から逃れたらいい。私の父から離れたらいい。

夫は愛の対象に姉、政の相棒に私を考えたのか、ともあれ、子作りを超えて選びあった仲。おまえを心配していると祖母はいうが、心配は偽装された呪い、余計なお世話。夫の母である大王から夜の営みについて指図されるのは不快なこと。

祖母から渡された朱い夜着はすぐ捨てた。そんな私に問う、

「あれは役立ったかい」

祖母の顔には意に従えば間違いないという確信が漲っている。

祖母と話した結果なのか、ある夜、入ってくるなり黙って夫は私を抱いた。それは、私たちにはふさわしくない行為に思われた。その後、夫の顔が祖母の顔と重なり、その訪れに気が重くなった。大伯海《おおくのうみ》まで来たとき、大田は三日三晩、陣痛で苦しんで大伯皇女を産んだ。

祖母は男のように大胆に兵士や工人を動かし、女ならではの色や形で人を操る。

祖母はつねに着る明るい衣装と祈禱の白い衣裳、群臣を前にした重い装束、それぞれ纏って現れると別人に見えた。祖母だけではない。額田にも男を従える不思議な力があった。宴のさなか、巧みに手を動かし朗詠された歌に万座が酔う。
伊予国熱田津《にぎたづ》に寄港し、岩湯に仮宮を定めて滞在する。このとき、額田は大王の意を体して出船祝福の歌を詠んだ。

熱田津に船乗りせむと月待てば潮もかないぬ今はこぎいでな

西征の船出にあたり、舟に乗ろうと月を待つと潮も上がったと、海路を寿いだ歌に力づけられて全軍が動いた。何故、あのように祖母の意を汲めるのか。周りの気を吸い込んで歌にして吐く額田。

虎

斉明は、齢六十八歳の強行軍のせいか、海を越えて戦う無謀を咎《とが》める土地の神が祟ったのか、九州に造営した朝倉宮で身《み》罷《まか》った。閨《ねや》を監視する祖母の目は消えた。いまは、私が妻たちを窺っている。大海人の最初の子、十市を産んだ額田は、父の後宮に移っても夫との間に絆を残す。尼子娘は、私や姉への配慮を忘れない。病に伏しがちな姉は、正妃の風格を維持している。

妻たちが観察対象に変わったのは、師との再会故。私を駆り立てたものが何であったのか、もはや定かではない。しかし、夫と身体を重ね合わせた日から、あの美しい人と抱き合っている自分を夢想しはじめたのは確か。

夢が現になった。長く続く雨のなか、遠征軍の士気は落ちていた。けれど、私の心は斉明の病重篤になって呼び寄せられた師の姿に浮き立っていた。

文字を教え、私を作った師。師の教えとはあまりに違う世の有様、別れてからの体験。滾《たぎ》る想いを訴えた私の手を取って師は、

「この世のことは、あの世への道。ほんの少しの辛抱です」

私は強く握り返した。

「少しだからこそ、永遠にしてみたい」

澄んでいた師の瞳が変わった。私を抱こうと努めながら、夫の目に光が宿らなかった多くの夜。目は鏡。隠しようなく思いを映す。

千載一遇の機会を摑んで、私は師の胸に飛び込んだ。一点で結び合って魂二つで世界を創った一瞬。事が終わったあとの達成感。これは何だろう。歌に詠われ、物語に語られる愛や恋とは違う。

則天武后は、新羅と組んで一気に百済を滅ぼした。武后の的確な判断に周囲は目を見張った。戦いを率いた将軍は勝利後も半島に留まり、道路や橋を直して民の暮らしを支えていた。

父が飛鳥から指揮をした倭軍は、唐の軍船に完膚《かんぷ》無きまでに叩きのめされた。

血

船四百艘は焼けて火焔が天まで昇り、三万の兵士たちの血で海水は赤く染まったという。

百済援軍の失敗は、次には倭に百済の運命が訪れる。戦争の危機を喧伝し、父は水城を作り、山城を築いた。「狂心の渠」と非難された斉明と違い、煽られた恐怖が中大兄に対する期待となった。

国家存亡の危機が叫ばれた筑紫で、私は草壁皇子を産んだ。その日、痛みが短い間隔で繰り返し、人を呼んだが、

「子は簡単に生まれない」

と周りは言う。私は寝間に入って、一人で向き合う他ない仕事と覚悟した。私の息む声にやってきた乳母たちが私の胸と腰を抱えると、私の中からどろりと何かが流れた。血まみれ汗まみれの非日常のなかに、祖母の声がした。王家の女は犬のように子を産んではならないと。

父と子、夫と妻との関係には無い母子の一体感。天と地を私のなかで繋ぐ授乳のひととき。不思議な生物の小さな口が見かけによらぬ強い力で吸い付く快感。

私の出産一年後、陣痛に苦しんで大津皇子を産んだ姉の体は、回復しない。床に就いた姉は、共に遊ぶ大津と草壁を見るのが何よりの喜びという。

父は慎重だった。間人を神を祀る大王として筋を通し、自身は大王の皇太子となって政を行う。

唐の使者が送ってきた「泰山封禅」儀式への参加要請。百済征討大勝利を則天武后は、封禅の好機と捉えた。天下平定を、山頂に壇を設けて天に報告する封、山麓で地の神に報告する禅。

宛先は「筑紫宮都督府」となっていた。都督府とは唐の行政拠点。受け取ることは唐の属国になること。大唐国皇帝の正式文書を乞う。招待を受けた父は、丁重に使者をもてなし、自身を大王、大友を太子と紹介した。倭と唐は、共に漢詩を詠じ、大友の詩才は高く評価された。

武后は、これまで皇帝だけが行っていた宮廷の秘儀を皇后と共に行う祭典とした。洛陽を出発した物々しい行列は、沿道の民の歓呼を浴びながら、泰山へ向かう。そこには、西の国々はじめ日本の使者も加わった。

私は遥か唐に思いを馳せた。この様子を詠じた宋之問《そうしもん》の詩と共に。

帳殿鬱崔嵬　帳で覆う行宮は天に聳え
仙遊実壮哉　高宗武后の遊行は実に壮麗
暁雲連幕捲　暁雲は陣幕に連なって湧き
夜火雑星回　夜営の火は星と共に巡る
谷暗千旗出　谷は暗く千の旗が出で来て
山鳴万乗来　山は鳴動し万の乗物が進む
扈従良可賦　盛儀に付き従う光栄な身
終乏炎天才　詩歌にすべき才ないが無念

百済征服に乗じて、武后は高句麗討伐に乗り出した。保身を考えるばかりの旧弊な者たちを排除して、まず充分な食糧を用意した。隋の煬帝が失敗し国を傾け、太宗が三度征伐を命じて果たせずに終わった問題に、武后が片を付けた。

雲

天智四年（六六五）、私の弟施基皇子《しきのみこ》を産んで間人が亡くなると、父は飛鳥の岡に造られた祖母の眠る牽牛子塚《けんごしづか》に埋葬した。祖母は死んでなお、娘や孫を従えていた。あわせて姉大田の小墳が陵前に築かれたのは、近江京への都移りを一ヶ月後に控えた天智六年。愛する死者たちを飛鳥に残して、父は近江へ向かう。飛鳥京への愛着を絶ち近江京に人心を集める大事業完成のため、額田の歌が大きな役割を果たした。

三輪山をしかも隠すか雲だにも心あらなも隠さふべしや

飛鳥を去るとき最後まで見たかった地霊の三輪山。万民が秘める胸の内を一つの歌にして葬り、次へと奮い立たせる額田の歌。

退路のない飛鳥とは違う近江へ遷都として一年過ぎた天智七年、父はようやく大王になった。倭から日本に国号を変え、戦の責任回避に奔走した。
父に謀殺された古人大兄《ふるひとのおおえ》の遺児、倭王《やまとのおおきみ》が大后に立った。即位を果たした父は四十三歳。倭大后は四十歳。父の后には誰からも異議のない血筋が必須だった。なんとも不快な結婚の気分を払拭するため、若い大友と十市の婚礼が賑々しく執り行われた。十市は若い日の夫と額田の愛娘。

これまで宮廷に立ち入ることの無かった倭大后は、賢い人だった。華やかな宮廷の中心にそっと座った。大后の周りで、額田は若い官女に歌を教えた。父の後宮は百花繚乱の賑わいを見せはじめた。

白村江の敗戦後、唐は倭に二千余人を送り込んだ。唐との出会いに、屈辱より興味を感じた私。人を律令で動かす仕組。律とは刑法、令は行政法。それと圧倒的な文物。

いま、一際光彩を放つ唐。北方民族も含んだ、いや、その先の西方も取り込んだ唐には、儒教にとらわれず男と対等に馬で駆ける女たちや、眼の青い人、顔の黒い人もいるという。

目を釘付けにする錦。艶やかな光沢と面白い文様。これが則天武后が支配する唐王朝を飾るものか。優雅で豪快。とりわけ、獅子狩文。心を虜にするのは、文

様に王の力が見えているから。

美しい文様は見て楽しみ、それを鏡に行動する。背景があって初めて見える図形。死を地に、見えてくる生き生きとした文様。文字は白地があって墨が際だつ。

蠱惑《こわく》に充ちた文様の背後に、人が人を支配する禍々《まがまが》しい構造が潜む。文様や文字の背後に隠れているもの、それは、家の形や国の形を作るために潰された人の心。

中国からの遊猟が取り込まれて野遊びが盛んになった。文様にあるような獰猛《どうもう》な獣を追う狩りではなく、薬狩の折である。夫と額田が歌を交わした。父の後宮に入っても、

あかねさす紫野行き標野《しめの》行き野守は見ずや君が袖振る

と袖を振る大海人を歌にせずにはおれない額田。夫も、

紫草《むらさき》の匂へる妹を憎くあらば人妻ゆゑにあれ恋ひめやも

これは額田への返歌ではなく、倭大后への讃歌。「私は紫草のように密かに白く咲いている倭大后こそ、お慕いしているのです」
紫の上衣に白い袴、金銅の刀を吊して、文様のなかに織り込まれた王を真似て馬で駈ける大海人。王の特権である色好みを、後宮の女たちに手を振って兄に見せつける。歌を宴で披露し拍手喝采を受ける。

額田は、今や父にとっての大切な歌詠み。宮廷は権力と財力だけでは動かない。霊力ある言葉と魅力ある女人が欠かせない。

その後も、薬猟や雅宴が大々的に催された。そこで春秋の優劣が競われたおり、一座の人々は額田の歌に固唾《かたず》を呑んだ。低く呟く声は、言葉がいま生まれる証し。やがて耳に心地よい音となって、ゆっくり春と思わせ朗詠をはじめながら、秋に軍配を上げる。

冬こもり

春

春さり来れば
鳴かずありし
鳥も来鳴きぬ
咲かずありし
花も咲けれど
山を茂《い》み
入りても取らず
草深み
取りても見ず
秋山の木の葉を見ては
黄葉《もみぢ》をば
取りてぞ偲《しの》ぶ
青きをば
置きてぞ歎く
そこし恨めし

秋

秋山我れは

花咲きみだれる春山は、茂った木が入山を拒む。けれど、秋山の紅葉は手にとって愛せる。猜疑《さいぎ》心に囚われる私を笑い、自由に人と交わる我身を自賛する。盛りの春を失った額田は、秋山の葉を眺めての物思いを良しとする。

華やかな宴の陰で、近江朝廷に対する不満が膨れていった。事に当たる遣《や》り方が、まるで違う父と夫。共に恐れる者を持って結ばれていた二人の心は、斉明崩御後に離れて、鎌足が国をまとめていた。

急場を鎌足が納めたのは、一度や二度ではない。酒席で酔った夫は、日頃の不満が爆発したのか、些細な口論から長槍を手に父の前で、宴席の床を刺し貫いた。激怒して夫を殺そうとした父を、鎌足が無言で制した。身を危険に晒して父と夫を、いや、この国の秩序を守った鎌足に礼を言うと、抜かりなく笑う。

「私に礼を言う必要はありません。あなたさまこそ、御苦労なこと。けれど、それは新しい国づくりの大きな財産。

嫡男史《ふひと》は、まだ十歳。漢学のみならず、大陸事情にも通じている者に預け、学ばせています。息子をお役に立てていただきたい」

と言ったあと、そっと囁いた。

「史はあなたの弟です」

天智八年（六六九）、鎌足の病状重篤の報に震撼《しんかん》とした。天智を支えた鎌足が亡くなり、事態は急変する。
父が夫に王位を譲ろうと言ったとき、夫は
「倭大后を大王に、大友皇子に政務を任せるのがよろしい」
と言って剃髪し、身につけていた刀を差しだした。
そんなことをしてはいけない。かつて王位継承を辞退した古人大兄を、謀反を理由に殺した父である。私は父を捨て、夫を説得し吉野へ向かった。
夫と私を宇治まで送ってきたのは、蘇我臣赤兄。有間を騙して殺した男。私は
「いま大海人を殺すのは、近江朝に不満な者たちの決起を促すようなもの。このまま、吉野に逃がす方が得策」

と持ちかけた。夫を殺さずに帰った赤兄に病床の父は
「虎に翼を付けて放った」

と歎いたという。

天智十年（六七一）、父が亡くなる。倭大后は、親族が血を血で洗う政争指揮を拒否した。

半島では白村江の戦いのおり共闘した唐と新羅が争いはじめ、新羅は日本との連携を探っていた。唐の支配から離れた独立日本への思いは、畿内の豪族、とりわけ海に拓かれた伊勢で盛んだった。伊勢から夫に、宝剣「草那芸剣《くさなぎのつるぎ》」が奉られて、吉野行に新しい意味が生まれる。

挙兵を決めて夫が美濃に使者を送ったのは、六月二十二日。吉野に赴いた十ケ月後。東国へ向かう途中、伊勢に入り、私はそこで朱い旗と、兵士の身につける朱い裂《きれ》を用意した。大友の死を確認したのは、七月二十四日。勝利は、唐文化を愛し漢詩に長けた大友を嫌う三河や尾張など、地方豪族たちの力によるもの。

龍

壬申の乱に勝利した翌年、夫は飛鳥で天道をゆく天武天皇となった。私は皇后となり、大臣を置かず二人で統治した。王位が天の命によって命革《いのちあらた》めた結果であることを知らすため、新羅からきた弔使は帰し、即位を祝う賀使は手厚くもてなした。

即位後、豪族それぞれが祀る氏神ではなく、天照大御神を新しい国神とし、その御魂を祀る斎宮として大伯皇女を伊勢へ送った。

斉明の大工事、天智の近江遷都に疲弊した民を思い、宮づくりは控え、飛鳥に戻った。儀式に熱を上げ、自ら歌舞を作って若い娘に舞わせる夫。私は貧民救済のため、豪族が独占している貸稲制度を直した。代わりに貴族に限られていた官吏登用を豪族の子弟に許し、全国から美醜年齢問わず能力ある女たちを後宮に集めた。

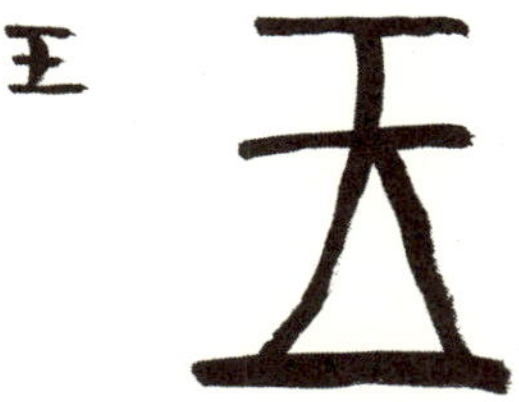

このとき、夫は四十三歳、私は二十九歳。父の皇女ふたりを夫のもとに引き取り、祖母同様、「可愛がってもらいなさい」と言い渡した。妃とした者が王権に近づく皇女たちの管理は私の仕事。夫には十人の妻。

鏡を前にして化粧に余念ない妹たち。男の目を鏡とした化粧など、どうにでも誤魔化せる。けれど、鏡に映る自分への陶酔は留まるところを知らない。毎朝、丁寧に髪を結わせる妹たち。

天武は唐に倣った結髪を命じた。長い髪を結うには時間がかかる。朝に結い上げた髪も夕には落ちてくる。結髪は女に動くなと言うようなもの。天武に代わって政務をとる私の髪は、乱れる。それを厭い、見事に飾った頭を物憂げに傾けて侍る若い妻たちを愛でる。女の無能を自分への、ひいては国家への忠誠と勘違いしているだけならいい。夫の現実認識は、ずれてきている。

天武八年（六七九）、泰山封禅の仰々しさはないが、天武と私は天下平定を吉野の山と川に報告した。吉野は天武朝を拓く礎となった聖域。深淵の潜龍が、時を得て主権を取り戻す仙境。

天智の皇子も含めた皇子六人の将来を考えて嘆息する夫。私が皇子たちの母になろうと提案すると大いに喜び、「あなた方の良い母が良いというこの吉野をよく見ておくように」と皇子たちへ歌を贈った。

　よき人のよしとよく見てよしと言ひし吉野よく見よよき人よく見

気分良く、夫は襟を開いて皇子たちを抱いた。吉野の水音に負けまいと「よ」の音を強め朗詠した夫に合わせて、私も大きな子ども達を抱く真似をして笑った。皇子たちは、等しく天武と私の子となり、力を合わせて国を作ると誓い、草壁が皇太子となった。豪族たちの力で生まれた国は、これまでの勢力を無視できない。だからと言って古い遣《や》り方に戻すのでは、国は成り立たない。夫に言った。

「豪族たちの姓は、そのままにして新たな位を作ってみては如何でしょう。最初、天皇が与える栄誉として、やがて官職の高下、昇進の遅速までをも決定する家の位を」

「あの小さな娘が大した策略家になったものだ」

と夫は曇った声で笑った。

私は皇太子草壁に鎌足の子、史を身辺の世話をする舎人として付けた。任官のためには、まず舎人となって力を試す。それが豪族をそのまま国の役人とした父の遣り方との違い。二人は飛鳥浄御原令《あすかきよみはらりょう》の編纂に取りかかった。

吉野盟約から七年後の五月、夫が発病し
「天下の事は大小を問わず、皇后及び皇太子に判断をあおげ」

と勅した。諸国の社寺における祈禱など手を尽くしたが、夫は九月に崩じた。

草那芸剣の祟りであると占いに出た。即日、剣を熱田神宮に奉納した。

哀悼の儀式が始まった日、新羅僧行心《こうじん》に
「骨相、人臣にあらず、臣下の地位に留まれば非業の死を遂げる」

と予言された大津が謀反を企んでいると、弟川島が告げた。草壁が天皇となり、大津が皇太弟となる。これでは、壬申の乱の二の舞を用意しているようなもの。戦の前に事をおさめてこその政。

天武崩御からひと月も経っていない十月、私は大津に死を与えた。真偽の程は分からない。武勇は天武、容姿は大田の血を受けたと大津を讃える者たちが群れ、火種を集めていた。起こる謀反と起こった謀反の違いなど無に等しい。

甥を殺して治める国には、大義が要る。建物から衣服、詩歌まで唐風になってゆくなか、倭の風に心を寄せ、草壁と共に狩りをし、その心に入り込んで歌を詠んでいる柿本人麻呂を呼んだ。

斉明、天智の政策推進を助けた額田の例に倣って、人麻呂を私の歌人としよう。国の彼方此方に散らばっている倭の話をまとめさせた『フルコトフミ』。そこに思いを挟むと、私の来し方行く末が見えてくる。

天から日向に降りた神の末裔、神武大王の東征。その後、国の基盤を固めた景行大王。

大王は、皇子、ヤマトタケルに西征を命ずる。ヤマトタケルは、アマテラスの御魂代《みたましろ》である叔母ヤマトヒメから渡された衣で女装し、クマソタケルを討つ。大王は凱旋したばかりのヤマトタケルに東征を命ずる。

袋

ヤマトタケルは、ヤマトヒメに泣きつく。

「兵も与えぬ父は私に死ねというのか」

ヒメは、兵ではなくおのれの知恵を恃《たの》めと、草那芸剣と小さな袋を与える。

相模の国では、国主が火を放つ。そこで剣で草を薙ぎはらい、火打ち石で火をつけ敵を倒す。

火難の後は水難。渡りの神が波を起こし船は止まる。このときオトタチバナヒメが渡りの神のもとへ赴き、荒波は収まり船は進む。


女には女の考えがある。そう、私が大田の妹であるように、オトタチバナヒメも姉の替え。大后になれぬ身で倭に戻っては生命も危い。ならば、渡りの神に望まれて、神の大后となって生きる方がよい。

ヤマトタケルの強さは草那芸剣ゆえ。剣をミヤズヒメの許に置いてきては只の男。伊吹山の神が起こした嵐に敗れる。

大刀

命のまたけむ人はたたみこも平群《へぐり》の山の熊白檮《かし》が葉を髻華《うず》に挿せその子

「命を全うできた人は倭で熊樫の葉を髪に飾って、命を寿げ」と詠ったヤマトタケル。最後の思いはミヤズヒメの床に置いてきた太刀。

嬢子《おとめ》の床のべにわが置きし剣の大刀その大刀は

草那芸剣を置き忘れるとは何事か。いや、違う。ミヤズヒメに夢中になったヤマトタケルに腹を立てたオトタチバナヒメが剣を龍宮へ持ち帰る。
ヤマトタケルは、私と人麻呂で作った天武と大津。剣を以て勝利した者は剣で滅ぶ。天武の殯《もがり》が待っていた。殯宮儀礼《ひんきゅうぎれい》の内実は後継者選びの舞台装置。私は詠った、

燃ゆる火も取りて包みて袋には入ると言はずやも知るといはなくも

北山にたなびく雲の青雲の星離《さが》り行き月を離りて

火を袋に戻した天武はヤマトタケル。いま雲となって北の空へ退場する。星のような皇子、月のような皇太子を離れて。墓ができるまで、天武の遺体の前で行われる祀を引き延ばし、私が矢面に立って時を稼ぎ、草壁即位を準備した。

人こそ国の根幹。草壁の仕事を的確に処理して、史は政に対する才を見せた。私が、

「文を司る名である史を、比べる者のない不比等に変えるよう」

命ずると、若々しい笑顔が返ってきた。草壁は、子どもたちの後見をしてほしいと、黒漆の「黒作懸《くろづくりかけ》佩刀《はきのかたな》」を不比等に贈った。

久しく会うことのなかった師が唐へ帰ると挨拶にきた。私は懐かしい師の顔を見つめた。けれど、今は私情を差し挟む場ではない。私には言っておかなければならないことがある。

「父は白村江敗戦後、唐の意に沿って政を行いました。夫は新羅と組んで独立を考えました。私は、ひたすら戦のない世を望みました。私は戦が嫌いなのです」

「則天武后も同じです。誰も信じていませんが」

「そう、身内を見殺しにしても平気なお方と……」

「自分を利用しようとする者は、身内でも許さない、その気概がなくては、国は守れません。武后はあの大きな国を浄土にしたいと、お考えです。あなたの使命はこの国を浄土にされること」

「浄土ではなく、高天原。文字や律令はあなたの国に習いました。けれど、この国の古里は高天原」

「私は、あなたの国と武后の国の架け橋になりましょう」


持統三年（六八九）、天武の葬儀がようやく終わった翌年、草壁が逝く。草壁の舎人二人、人麻呂と不比等を取り上げて政を行う私。中央集権国家形成に邪魔なのは、大津ばかりではなかったのか。

雷

私は何もしなかった。けれど、天武が疎ましくなると身罷り、大津が危険に思われたとき大王になるといわんばかりに伊勢を訪ねた。息子が不都合に思われると、病に倒れる。

人は夫や子も私が殺したと囁く。私が働いているから国は恙《つつが》なく動いている。武后が日本への侵攻を控えているのは、私が統治しているから。今、隙を見せたら、此の国は古くからの言葉を失う。それも良いかもしれない。二つの言葉を行き来して初めて見える真相。国の言葉を失う哀しみを新しい言葉を学ぶ喜びに変える覚悟もなく、私を誹《そし》り自分の無能を庇《かば》っている男たち。

私の苛立ちと付き合って働く草壁の妃、阿陪皇女が生まれたのは、斉明崩御の年。妃は、私の十七歳年下の異母妹。阿陪の母は私の母の妹。華やかだった姉大田と違い、阿陪は、思慮深く人の心に寄り添う。この妹に、私はどんなに助けられたことか。軽はわずか七歳。

軽の姉、氷高皇女《ひだかのひめみこ》に昔の自分を見る。激しい雷雨のなか、びしょ濡れになって階《きざはし》を登ってきて、氷高は私の目を真っ直ぐに見て言う。

「私は雷が好き」

と。階の下では、軽が侍女たちと震えていたのに。草壁と重なるから軽に思いが働く。けれど、気組《きぐみ》は氷高が上。

天武崩御後、私は人麻呂と不比等を侍らせ、祖母の快感を知った。いや、ある時は倭の心情で国を思い、ある時は唐の制度で国を考え、ときどきに応じて人麻呂と不比等それぞれに目が向いた。人麻呂の詩魂と不比等の策略、二つが国作りに欠かせない。

祖母と父が額田の歌を得て事を成したように、私は人麻呂の力を恃んだ。草壁の挽歌を私の悲しみより、いま行なわれている殯の意味に心して詠むよう命じた。私の意を汲んだ長歌の冒頭、

天照らす　日女《ひるめ》の命《みこと》　天をば知ろしめせと　葦原の　瑞穂の国を

殯宮で、人麻呂が天地開闢《かいびゃく》からを朗々と歌いあげる。神々が集まって、天は天照大御神が治め、地である葦原瑞穂国を纏《まと》めるために大御神の皇子が天から下さ

月星

れた。しかし、皇子は此処も母の治める国であると考え、天に還る。『フルコトフミ』の話を巧みに使い、天と草壁をつなげる。

挽歌の反歌。

　あかねさす日は照らせどぬばたまの夜渡る月の隠らく惜しも

月が草壁。日は私。月は欠けてゆくが日は朝に必ず上る。それが天の理。人麻呂は、天武の皇子たちが皇位を競うなか、武や理でなく、歌で周りを黙らせた。

持統四年（六九〇）、夫の死から三年、草壁の死から八ヶ月後の一月一日、私は即位した。武后は祝いとして、師に代わる学僧を派遣し、白村江の戦いで、捕虜となった兵士たちを帰国させた。

私は二十年前の泰山封禅に倣って、即位儀礼を工夫した。結果「前代未聞」という嘆声のなかで、現御神である私への祝詞を聞いた。

剣と鏡と玉が役立つ。私は大盾をたて胸に大きな翡翠を飾って、剣と鏡を受け

色

取る。私に向かい、百官は神への礼拝同様、柏手を打つ。

ヤマトタケルの歌「祝いには髻華をつけよ」に倣い、私は樫の葉を髪に挿した。政から遠ざかっていた天武だったが、それを知っている者は限られている。だから、今は天武と一体であると示すため、天武即位のおりに定めた天皇の袍袴《ほうこ》で式に臨んだ。

男衣裳を身にすると、私が変わる。若い女の美しさを際だたせるよう作られた女衣裳とは違う、媚びるところのない束帯。けれど、権威づけを意図した帝衣には、着る人体への思いやりがない。

朝廷は新しい朝服《ちょうふく》に彩られた。理だけで人は動かない。見える色と形によって動く。形で統一し、色で分断する。民は黄に染めた衣。奴婢は皁《くろ》。着る色が役割を決める。それが政。天と地の間で生きる者に貴賤などあるわけがない。だから、黒紫から赤紫、緋、深緑、浅緑、深縹《はなだ》、浅縹と身につける色が身分を決める。

水に因む浅い藍色、縹を朝服に加えた。縹が朱塗りの建物の間を行き交い、吉野に吹きかう風のように都を爽やかな気で満たす。

大友を倒すために兵に着けたのは朱い裂。朱は心を駆り立てる色。今は、国司

神

からの嘆願を心静かに裁く時代。天武が病に倒れた年、年号を「朱鳥《あけみとり》」とし回復祈願を図った。朱は天武の色。私は、北極紫微《しび》宮に住む動かぬ星の色、紫を最高位とした。紫に身を包んだ王族が最前列に並んで、政を目に見える色とした。

その年の九月九日、重陽の日、唐を周と改めて、則天武后は皇帝となった。天照大御神になった私のように、武后は弥勒菩薩となった。すべてが大唐帝国を率いてきた武后の筋書き通りに進んだ。

武則天となった武后は、身辺に学者を召し抱え、儒教、道教、仏教の所説をまとめた『三教珠英』はじめ、多くの書物を書かせた。学者に政治上の意思を述べさせ、宰相の権限を抑えた。

私は高市を太上大臣とした。高市は大友とは違う。身分を弁えて実務をこなす。即位の翌年、女性王族から女官までに官位を与えた。若く美しい女は宮廷に欠かせない。けれど、容姿など、すぐに色褪せる。そのあとも存分に力を発揮させるため、女にも相応の待遇が要る。私が命ずれば百官が汗を流して働き、兵士が命をかけて戦う。口分田から米が集まる。

国の根幹は人。唐に倣って戸籍を作る。私は老人を尊ぶ儒教から離れて、六十五歳まで働いて貰う。一家族を一戸としては貧富の差が生じ制度は早晩、崩れてしまう。労働力を均等にして、親なし子、子のない親、妻のない男、夫のない女が生きてゆける工夫をした。

力は浮遊し私へと集まった。力が人を選ぶとき、選ばれた者は後へ引けない。選んだ者の力を信じて前へ進むしかない。それは、水が高きから低きに流れるようなもの。

吉野の水は澄み、山に雲が漂う。渦巻く水流が霊気を孕む。吉野は祀の都。飛鳥は政の都。聖と俗、二つながらに掌握する私は、澄むスメラミコト。百官臣僚の帰一は、言葉を俟って完成する。古い呪文はもういい。清新な寿歌、そう、泰山封禅を詠じた詩のような歌がほしい。武器は禍々《まがまが》しいが詩歌は神々しい。人麻呂の聞こえあげる長歌の冒頭、

やすみしし　わご大王　神《かむ》ながら　神さびせすと　吉野川　滾《たぎ》つ河内に

高殿を　高知りまして　登り立ち　国見をせせば

山の神が春には花を、秋には黄葉を捧げる天皇である私。そう、花も紅葉も私への貢ぎ物。泰山封禅で武則天は天から承認を得た。私には山と川の神が仕える。

山川も　依りて仕ふる　神《かむ》ながら　たぎつ河内に　船出せすかも

現御神である私が、水の沸き返る河内に龍神となって船出する。斉明、天智、そして、私から軽へ。直系で立ち上がる龍の皇統。

祖母に連れられてきたおり、蛇がとぐろを巻いていた吉野。今、蛇が龍となった。吉野は不老長生を得る神仙郷。そこに祀る鏡の裏には龍文を施す。初夏の凪のなか、祭壇に掲げられた魔鏡が日の光を集めて、宮殿の壁に龍を顕す。

草壁が亡くなって三年後、私は十一歳になった軽を連れ、草壁が狩りをした安騎野に行幸した。そのおり、草壁に軽を重ねた歌を作るよう人麻呂に命じた。安騎野は草壁が狩りをし、次期天皇と納得させた場所。

東の野にかぎろひの立つ見えてかへりみすれば月傾《かたぶ》きぬ

日並しの皇子のみことの馬並《な》めてみ狩り立たしし時は来向かふ

月は傾いて、東の空は赤く萌える。いよいよ時が来て、草壁の幻影が動く。草壁の退場と共に現れる、それが軽である。

初冬の狩りは、後継者が軽であると知らす儀式。軽が、日並し皇子のみことと詠み込まれて、壬申の乱の折、十一歳であった草壁と一つになる。

鳳

持統八年（六九四）十二月六日、藤原京遷都。藤の花は美しい。けれど、蔓は

瓦

橋を吊るほど強く、根は醜怪。藤原は不比等の土地。血で繋がる子を失って、志を共にする子を見つけた。

律令国家の理想を具現化するためには、ふさわしい都城が要る。私は、『周礼』「考工記」に則り都を完成させた。仏の座る金堂が瓦葺きなら、天照大御神《あまてらすおおみかみ》の座る宮殿も瓦葺き。

狭い盆地から出た藤原京のなんと広いこと。北に耳成山、西に畝傍山、東に香具山、南の奥には吉野の山。中を貫く朱雀大路、斜めに横切る飛鳥川。

藤原宮は聖なる水の都なのに、屋根と塀と門に囲まれた宮の中は、空気が薄い。官人は暗いうちに宮廷に参じ、昼には退庁するはずなのに、夜になっても、まだ働いている。律と令で行う政には何と多くの人手が要るのか。

即位に瑞穂の祭礼を行った私は、遷都に際し養蚕の儀式を組んだ。伊勢神宮で天照大御神の御衣を織らせ、天香具山の神織社で私の衣を織らせる。三輪山は飛鳥京の地霊山、香具山は藤原京の天霊山。

藤原宮が完成した日、日像《にちぞう》と、左には青龍と朱雀、月像《げつぞう》と、右には玄武と白虎を描いた幡の翻るなか、私は白い椿を髪に挿した。即位の髻華は樫の葉。それは

曌

仕来りに配慮してのこと。椿は、私の装い。武則天は牡丹を愛し、冬に寒牡丹を咲かせた。

唐を周と改め皇帝となった武則天は、国号を変えただけではない。文字を変え国を圀とした。天空の日と月を合わせて自ら作った漢字を名とした。漢字は、そもそも男の立場や思考を説明している。男の道具である漢字で表現できない言葉は創るしかない。

私もこの国にふさわしい文字を作る。樫は大陸の橿とは違う我国の堅い木。山茶とは違う我国の春にふさわしい椿。椿には、大田を思わす梅の香はない。額田を思わす桜の華もない。けれど、大小さまざま、多彩な色で梅の前から咲き始め、桜の後にも咲き続ける。

近江の都でみた唐渡りの織物。重厚な文様に魅せられたのは若い日の私。女衣裳なら、豪華な刺繍をと張り切る者たちの言葉を退けた。鶴や亀など、吉祥文様は重苦しい。私自身が鳳となって、羽のように衣を翻す。そのためには、倭の軽い帛《きぬ》がいい。軽々と裁いた衣が気を孕み、百官を動かす。

男衣裳を身につけて天皇となった私は、女衣裳で遷都に臨んだ。

人麻呂に歌づくりを命じたが、不比等の地に造った新京の讃歌を作ろうとしない。ならば私がやろう。定型が決まったあとの歌づくりは簡単。前半は、人麻呂の吉野行幸讃歌を藤原宮に替えて、後半は藤原宮の井で禊ぎをする不比等の家、中臣氏の祝詞を使って「御井」の清水を詠む。
反歌では官女を詠おう。

藤原の大宮仕へ生《あ》れつくや娘子《おとめ》がともはともしきろかも

藤原宮に仕える女に心惹かれる男たち。愛と政の根は一つ。若い女に惹かれるのも男。権力に引きよせられるのも男。官女に手を振っている人麻呂を見たときの動揺。王権も人の心まで踏み込めない。
私が伊勢斎宮を訪ねたおり、残った人麻呂の詠んだ歌。

あみのうらに船乗りすらむをとめらが玉藻の裾に汐満つるらむ

国

裳裾に汐が満ちているだろうなど、なんとも心そそられる歌。天皇と不可分である官女は国の宝。女帝が治めているからと言って、官女を心安く妹など呼んでよいわけはない。

官女ではない。人麻呂が憧れを募らせているのは、阿陪皇女。草壁に代わって歌を詠み続けた人麻呂は、草壁と同じ女を愛していたのか。私に甘えた物言いを可愛いと思ったのは昔。今は不快千万。

人麻呂は言葉を心のなかに納めておけない。額田も持っていた歌詠みの業。人麻呂が弔意に紛らわせて伝えた真意。

「いまの私には、お妃さまだけが生きる望みでございます」

国が制度によって維持される今、大津や人麻呂のように奔放な人物は、それだけで国の秩序を乱しかねない。

不比等が意味ありげな笑みを浮かべて、私に歌を見せた。

人麻呂

不比等

　吾ゆ後生れむ人は我が如く恋する道に会ひこすなゆめ

これから生まれる人に私のような辛い恋をするなという歌。

「どうして、これがおまえのところに」

「阿陪さまへの熱中ぶりに危ういものがあり、人麻呂を探らせていたのです」

「それは、大切な草壁を亡くしたもの同士。心合わせて立ち直ってもらわなくては」

「ごもっともなお言葉ですが」

と、私の目を見る。この男、私の心をすぐに読む。

不比等は時を違えず、政敵おとしを始める。不比等の敵意と私の嫉妬を一つにしてはいけない。阿陪は私が草壁に選んだ妃。新しい国づくりに欠かせない。そう、歌の言葉と政の言語を取りまとめるのは女の工夫なのだから。

夢想が国を作る力であった時が過ぎたいま、人麻呂の歌が忌まわしい。官吏である自分を忘れて、「香具山の屍《しかばね》を見て悲しむ」と前書きして、

草枕旅の宿りに誰《た》が夫《つま》か国忘れたる家待たまくに

人麻呂は藤原京の歌づくりを拒んだばかりか、故郷に待つ人を持ちながら都で死んだ民の末路を詠う。宮づくりに民が不満を貯め込んでいただけではない。故郷の農作業より面白い、と嬉々として働いていた者、それによって生計をたてた者も多い。

人の心を束ねる歌を詠まない人麻呂は無用なばかりか、有害だ。人の国造りした私を誹《そし》るなら、人麻呂ではなく猿麻呂と名乗ったら良かろう。

『フルコトフミ』はひとりで作る。女のつくる国。私の執着、祖母の過剰は、繰り返される思考の祖型。

神々は、やがて二柱の誘い合う男女となって国を造る。

あなにやし、えをとこを
あなにやし、えをとめを

女が「ええ男やなあ」と感嘆して世界は始まる。陰陽の合一こそ、万物生成の原理。けれど、燃えさかる火を産んでイザナミは身罷る。我子を斬り殺したイザナキは、黄泉の国まで妻を追ったけれど、「見ない」と約束した腐乱死体を見て逃げだす。

若い后に夢中になって厄介な仕事から逃げて、すべてを私に委ねた天武。そうだ。私は燃えさかる火に包まれて世を去ろう。土葬を習いとする王家において、火葬は一大変革。炎に焼かれ白い骨となって天武の隣にゆく。そこは他の妻たちを排除した二人だけの空間。棺に寝かされた遺体と壺に納められる白骨。結局は古い時代の最後を飾って棺に納まる虎と、新しい時代を拓き煙となって飛ぶ鳳。

黄泉比良《よもつひら》坂を駆けて戻ったイザナキは

「醜いものを見た」

と水に潜って禊ぎをし、目からアマテラス、鼻からスサノオを生む。アマテラスは高天原を治める。海原を治めず母を求めて泣くスサノオ。訪ねてきたスサノオに、アマテラスは武装した男衣裳で会う。田を荒らされても我慢したアマテラスは、織子を殺されて怒り、天岩戸に隠れる。闇の中、神々は集まり打開策を講じ鏡を作る。半裸で踊るアマノウズメに喜ぶ神々。何事かと覗き見るアマテラス。鏡に映った自分に見入った隙に天岩戸は開けられ、日が輝く。神々に追放されたスサノオは出雲に下る。八岐大蛇を退治して尾から草那芸剣を手に入れ、アマテラスに贈る。スサノオの拓いた葦原中つ国を、アマテラスは孫ニニギに治めるよう命ずる。

これの鏡は、もはらあが御魂として、あが前を拝《いは》ふがごとくいつきまつれ

アマテラスの魂である鏡、玉と剣を携え、ニニギが天の下へ向かう。

鏡

そこでコノハナサクヤヒメを見初めるニニギ。姉イワナガヒメとともにもらい受けるが、醜い姉を嫌う。

イワナガヒメは命保つ岩の力。コノハナサクヤヒメは命輝く花の力。美しいヒメのみ愛したニニギは永久の命を失なう。王は美醜共に、見畏《かしこ》み慈しまなければならない。

コノハナサクヤヒメは姉の大田。イワナガヒメは私。山の美しい花は散ったけれど、海の険しい岩は荒波の中になお立つ。

ニニギは、コノハナサクヤヒメの子を我子と認めない。コノハナサクヤヒメは、産屋に火をつけ子を産む。生まれたヤマサチヒコとウミサチヒコは競いあう。龍宮のヒメとヤマサチヒコの間に生まれた皇子が、母に代わり育てた叔母と結ばれて誕生した神武。

ウミサチヒコは大海人、ヤマサチヒコは中大兄。ヤマサチヒコの子孫がこの国を治める。いや、違う。龍宮のヒメの血。私の子孫。

書き留めた途端、木漏れ日の間から私に微笑んでいた神々が逃げてゆく。致し方ない。私を離れて国の仕組と一つになった文字は荷の宛名や税の数字。

持統十年（六九六）、軽が十五歳になった二月、私は立太子の宣旨を下した。そして八月、文武天皇誕生。政治的実績のない天皇即位は前代未聞。即位宣命で、天照大御神である私の意思によって即位した旨を明らかにした。

即位儀礼に際して、居並ぶ人々の前で発せられる声は歌でなく法。草壁の身につけていた「黒作懸佩刀」を不比等より文武に献上させた。これを「草那芸剣」に代わる宝剣としよう。

存命中の譲位は、祖母が最初。あのときは、父と鎌足が入鹿を謀殺したあとの動乱期。今は違う。深慮の結果。

第一の僥倖《ぎょうこう》は、壬申の乱で軍を率い、次期天皇に目されていた太政大臣高市が先に逝ったこと。

第二の僥倖は、皇子たちと重臣を召集した議のおり、葛野王《かどののおう》が「我国は子孫相承を法としており、兄弟相続は争乱の基」と発言したこと。「父は大友。母は十市。王位継承者が直系なら天智、大友、そして私、それを阻止したのがあなた」

という話の筋に気づかぬふりで、直系という言葉で軽の立太子を決めた。

第三の僥倖は、なにより吉野で得た不老長生。

寿歌は自分で作る。人麻呂に穢《けが》された香具山を再生させる。

春過ぎて夏来るらし白栲《しろたえ》の衣乾したり天の香具山

冬至に太陽の籠もる隠れ家を持つ香具山。だから、火祭りをして天岩戸から天照大御神を引き出す。神織社を持つ香具山が、白い衣に身を包むと夏が訪れる。白い衣にみえたのは、卯の花、雲。鳳。高天原から鳳となってニニギを涼やかに降臨させるアマテラス。春の花や秋の紅葉より、私はむせかえるような夏の青葉が好き。

天皇になった軽には建を思わす弱さがある。なんで氷高ではなく軽なのか。私は阿陪に心のうちを漏らした。

「氷高を帝にしたかった。戦をし、地方豪族の娘を娶らねばならない時代は終わった。律令国家の統治は、男女を問わない」

「ということは男でもかまわない」

「そう。けれど、今ある財を有効活用して持続可能な国づくりには、女が話し合う方が良い。一人ひとりと話し合って味方を増やしてゆくおまえの優しさが、今宮中をまとめているではないか。おまえは、あの難しい草壁ともうまくいっていた。不比等の仕事も、今ではおまえが頼み」

「お義母さまの頭のなかは、いつもお仕事。それではお疲れになってしまいます。お義母さまは、いらっしゃるだけで、皆の心を一つにされているのですから」

文武の夫人には、不比等の娘宮子《みやこ》。若い天皇には強力な後盾が要る。とはいえ、臣下の娘が産んだ皇子が天皇になれるのか。宮子の子が軽の子かどうか。けれど、力ある臣の血を入れるのも一つの選択。それに鎌足は
「史はあなたの弟」
と告げた。父の子を孕んだ官女をもらいうけた結果であると。

学

私は譲位しても、政から離れない。私は太上天皇。太上天皇制は大陸にない私の発案。皇太子もない文武が政を行なうためには、私が要る。大宝律令体制が機能したら、天皇の権限は制限される。律令とは政を行う者の横暴を許さぬためのもの。しかし、私の勅符は律令の縛りを超える。律令を作った私が抜け道を考えている。

気苦労ばかりが多い政。すべてが茶番に見えたときもある。人麻呂に詠われた私を、私が信じたわけではない。ただ信じることによって動く力を信じただけ。やるだけのことをやってみると、国をまとめるのに血筋など何の関わりもない。戸籍は六年にいちど作られ、民の生活を支える口分田が分け与えられる。そのため、都だけでなく、国中の官吏が使命感を持って学ばねばならない。制度が生きるも死ぬも人次第。

私がとやかく言っても始まらない。宮廷は文武を巡って動きだす。私の衰えは如何ともしがたいが、仕事は終わらない。大宝二年（七〇二）、私は律令国家の完成を武則天に報告すべく、遣いを送った。その後、三河から尾張を御幸した。

壬申の乱を勝利に導いた者たちに「大宝律令」遵守を私から願い、叙位を行なった。四十日に余る旅を終えて藤原宮に戻った私は、疲れ果てていた。冬だというのに、衣が汗に濡れて背に貼りついている。

祖母の亡くなる歳まであと、十年……。もう、考えるのはやめよう。目の前に現れる嬰児の笑顔と共に安らおう。あのとき、草壁の瞳には、唐であろうと新羅、はたまた倭であろうと、子が育ち生きてゆけたら良いと思う私が映っていた。

人の作ったものは、やがて壊れる。私に国の行く末を託した天命に従ってまとめた律令。けれど、鳳より、蛇でよかったのではないか。蛇に神を見、それを縄で表し大切にした生活。何も貯めこまず、季節の恵みで生きていたとき、生命以外に奪うもののないとき、人は殺しあったりしない。

かつては、祖母や父を告発していたら良かった。いまは攻撃に曝されている。憎まれて力が漲ってきた昔とは違う。物憂く沈んでゆく感覚。これが、老いか。馬子の墓は暴かれて巨石が残るだけ。再生を願っての葬送儀礼など御免だ。長かった天武の殯は、草壁を天皇にするための準備期間。今は文武の地位を固める時期。葬送に時や財を無駄にしてはいけない。

木簡から立ち現れ、木々のそよぎの間から語りかける神々と出会った私に、巨大な墳墓や華麗な挽歌など笑止。極楽浄土も居心地わるそう。「この世のことは、あの世への道」と説いた師。浄土での再会など御免だ。火のなかで消えたい。火葬にふし、葬儀は努めて簡素にと命じて少し眠ろう。

二　玉の巻

——女三宮の語り

玉は自然。玉は魂。勾玉、真珠に、古代から人の魂は惹きつけられてきました。『源氏物語』の主人公である光源氏は、玉のような皇子。大陸を真似て背伸びするのではなく、風土にあった雅を洗練させる時代となりました。

光源氏が、臣下に降ろされたのは、兄朱雀《すざく》帝の母弘徽殿《こきでん》大后に排除される可能性があったから。早くに母を亡くした源氏は、父の后藤壺女御に恋します。正妻葵上がいたのに、前東宮妃六条《ろくじょうの》御息所《みやすどころ》の所へ通う源氏。二条邸には北山で見つけた藤壺女御の姪紫上を儒教を理想に教育していました。

葵上没後、誰が光源氏の正妻になるか世間が取り沙汰したおり、六条御息所がその地位に納まると考えられました。源氏にその気はなく、世間の目を辛く感じた六条御息所は、斎宮となる娘と共に伊勢へ向かいます。

兄朱雀帝の尚侍《ないしのかみ》朧月夜《おぼろづきよ》との逢瀬が発覚し、源氏は明石へ落ち延びてゆきました。流謫の地で、源氏は明石君と出会い娘を儲けます。京に戻った源氏は、六条御息所の娘を冷泉帝（源氏と藤壺との子）に入内させ、政治権力を手にします。明石君の産んだ娘を育て皇太子（女三宮の兄）に入内させた紫上を世間は正妻と認めました。しかし、太上天皇となった源氏は女三宮を迎えます。

大きな衣裳と大勢の女房に埋もれていた女三宮が、実は女房たちを使って物語を作っていた、女性たちの創作工房を空想してみました。冷泉帝は源氏と藤壺に権力をもたらします。二人の密通を変奏して生まれた柏木と女三宮の子薫。薫は柏木と女三宮に何をもたらしたのか。

天皇の娘として生まれ、光源氏の正妻となり、柏木の子を産んだ女三宮の話を聞いてください。

朱雀院と光源氏。二人の間には、世間が期待した兄弟の確執、中大兄皇子と大海人皇子のような反目はない。父朱雀院は、私を源氏に託すほど弟を信頼していた。というより、もし自分が女だったら、姉弟であっても抱かれたいと考えるほど源氏に憧れていた。母、弘徽殿大后に憎まれる源氏を助けたいと思っても、強い母の専横を止められず、源氏を須磨に流謫《るたく》させた折は、済まないと思う気持が嵩じて病になったほど。

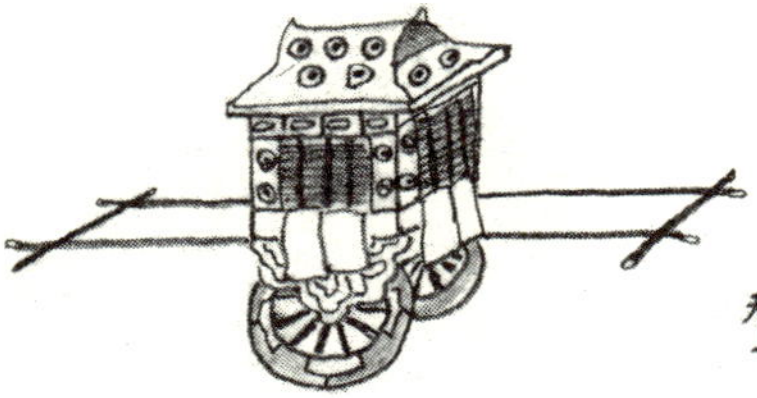
輦

簾

京中が祭の賑わいとなった女三宮降嫁の日。准太上天皇御所六条院の寝殿は、私に譲られた。四十人近い仕えの女たちに局が用意されて、紫上は東対《ひがしのたい》に移った。准太上天皇への入内扱いであったが、光源氏は車寄せまで出向いて、私を抱き取った。臣下の礼をとったのは、兄朱雀院への配慮だけではあるまい。藤壺女院の姪、紫上の従妹である私への並々ならぬ期待故《ゆえ》。幻想を膨らませた源氏は、私の幼さにひどく落胆した。抱き取った私に向けられた何とも間の抜けた一瞥。

その夜、源氏は

「お疲れになられたでしょう」

と、気遣うふうに横になるとすぐ寝息をたてはじめた。乳母から夜の作法について教えられていた私は、心底ほっとした。けれど、隣に見知らぬ男がいては眠れない。

二日目の夜は、遅くやってきた。疲れ切った様子で
「もっと早くに伺おうと考えておりましたが、このような時間になってしまいました」

と言い訳しながら、眠ってしまった。

三日夜の朝は、何に怯えたのか大声を上げて飛び起き、そそくさと帰った。乳母や女房たちは、

「何と早いお帰りか」

と怒っているが、鼾《いびき》や寝言を聞きながら夜の明けるのを待っていた私は、ひたすら眠る。こうして源氏が三日夜通い、贅をこらした婚姻儀式は滞りなく終わった。

源氏が持っていた玉の命を映して耀いた紫上の愛嬌。若い源氏の光は、ゆっくりと若紫の成長を見守った。幼い姫の養育に夢中になった昔と違い、幼い宮を育てる力は源氏に残っていない。

最高位の皇女を手に入れ源氏は紫上への愛をいっそう深めた。というより、良いものすべてを紫上に注ぎ込んだ自分を知った。

こうして六年の歳月が流れた。

源氏が病に倒れた紫上とともに二条邸に移ると、広い六条院が突然、賑やかになった。

「宮さまを置き去りにするなど不敬である」

と怒っていた乳母や女房たちが、主の居ない気楽さに我世の春を謳いはじめた。目立てば嫉まれ気を抜けば評判を落とす女房たち。影のように事を運んでいた者が突如、顔を剝き出しにした。秋好中宮《あきこのむちゅうぐう》や明石君の女たちも宿下がりと称して御所の中心、私のところへやってきて世語りを楽しむ。紫上に敵愾心《てきがいしん》を燃やしていた女房たちは、居なくなって初めて配慮の深さを知る。

「宮さまがお気の毒」

と言っていたのに、今では、

「紫上の気配りに比べて何と心幼いこと」

などいう。意味深長に仄めかされていた話が突然、聞こえよがしに盛り上がる。

私の味方は乳母子の小侍従だけ。

とどまる所を知らないお喋りは街の様子から政、覗き見した源氏や朱雀帝の閨。双方の女房たちのばらばらな話を賢い女がまとめる。はじめは不快だったが、やがて物事は見る位置によって、こんなにも違うのかという驚きに変わる。

「世の中の有様を知らず」に生きてきた私にも、謎が解けてくる。三日夜《みかよ》の朝、源氏が叫び声を上げて起きたのは、紫上が前夜、直衣《のうし》に香を焚きしめながら、思わず漏らした歌のせい。

目に近く移れば変はる世の中を行く末遠くたのみけるかな

「目の当たりに変わる男女の仲を頼みにしていた私は愚かでした」

と歎く紫上に、源氏は胸を締め付けられて動けない。

紫上に、

「お引き留めしているようで困ります」

と促されて、ようやく私を訪ねた夜。明け方、紫上を夢に見、慌てて戻った。

雪輪文

女房たちは気づかぬ体で格子を開けず、源氏はしばらく雪の吹き込む戸口に立っていたと笑いあう。

源氏が居ない夜は、同じ大らかさで女房たちと語り、長引けば気取られるのではないかと寝所に入る。寝付けないと気づかれぬよう、身じろぎもせず夜を明かした、と近くに侍っていた女房が、紫上に成り変わって語る。

私に持統天皇の気概はない。けれど、乳母や女房たちの話をまとめて、さしずめ『今事記』とでもいう『源氏物語』なら作れるかもしれない。

さあ、私の『源氏物語』を語り始めよう。

桐壺帝の寵愛を一身に集めた更衣に「世になくきよらなる玉の男御子」が生まれ、後宮がざわめく。その夏、光源氏の母は、病を得て、特別に許された輦《てぐるま》で御所を出た。死の直前まで宮中に留まったのは、我が子の立太子を願うため。

帝が恋にうつつを抜かしていても、聖代と讃えられる世を支えていた私の祖母弘徽殿大后。なのに、更衣が亡くなり帝が悲嘆にくれると、腹いせに管弦を奏でて遊んだなどと誹られた。

喪が明けると、皇子を早く御所へという帝に、源氏の祖母は、形見の簪《かんざし》を贈る。すると、帝から、

尋ねゆく幻もがなつてにても魂のありかをそこと知るべく

楊貴妃を訪ねあてた玄宗のように私も恋しい魂のありかを知りたいと御製《ぎょせい》があった。

娘を失った祖母が失意のうちに亡くなり、帝が手許で愛育した皇子。その子を臣下に降ろしたのは、高麗の優れた人相見の

「最高位に上りうる相にもかかわらず、憂慮すべきことあり」

という言葉のせい。持統天皇に抹殺された大津皇子の二の舞を恐れたから。いや、天皇の替えに甘んじる親王ではなく、政の中心に置くため。

几帳

紫上が二条邸に移り女房たちの手抜きが始まったのを幸いに、『源氏物語』制作にかかると六条院生活が俄然、面白くなった。今日の見聞を物語のどこに挟もうかと考えて、眠れなくなる。

そんなときに飛び込んできた現実。夜、男が忍んできた。ひたすら怯える私に、男も震えている。

「怪しいものではありません。いつも文を差し上げている柏木です」と、擦《かす》れた声で口をきく。黙っている私を見詰めていた目が異様に光りはじめ、突然、骨が砕けるほど強く抱く。

「痛い」

と振り解こうとしても、男の腕は動かない。

「幼い頃より、お慕い申しあげていたのです。六条院に移られた翌年、桜花のなかでお姿を見てから恋しさで狂い死にそうな六年でした」

など喘いでいる。天が落ちてきたように、私を覆っている男の重さ、匂い。ひたすら不快。

身体のなかを貫く違和感に呻いている私に

「宮さま初めての男は、私だったのですね」

と驚喜している。

「私はただ苦しい胸のうちを知っていただきたいと、身を棄てる覚悟で参りました。けれど、懐かしく﨟《ろう》たげな宮さまを前にして自分を押さえることができませんでした」

と、今度は涙ぐむ。

乳母子《めのとご》小侍従が
「柏木さま、今夜はこれまで」

と囁く。

「このまま抱いて何処《どこ》かへお連れしたい。けれど、それも適いません。せめて一言あはれと」

など、何という身勝手。

小侍従は言う。

「宮さまがおかわいそうで。女と生まれて、男と睦みあわずに終わって良いものでしょうか」

と。伯母である柏木の乳母と乳母子とが諮っての暴挙。女たちの耳は早く、結束は堅い。

それにしても女への評価はどうして、こうも違うのか。源氏にとってただ厄介だった私に、柏木は常軌を逸した欲望を持つ。いま宮廷の第一人者として、人望を集めている太上大臣家の嫡男柏木が、名声すべてを賭けて私を求めるのは何故。皇女。男たちにとって女は賞牌《しょうはい》。柏木は私の姉二宮の婿。二宮の母は更衣。私の母は皇女。柏木のほしいのは、高い身分に叙せられた女三宮。世に評判の光源氏正妻。源氏への憧れに始まったのに、いつのまにか源氏を敵にして六条院へ足繁く通ってくる。

あれは六年前、父のような年で、父のようには優しくない源氏との気詰まりな日々に見た一瞬の夢。若者たちが、桜花の舞い散るなか、乱れがわしく蹴鞠《けまり》するのを女房と見た。夕映えの光のなか、秀麗な容姿と見事な蹴鞠で際だっていた柏木。猫が外へ飛び出し、その首紐によって御簾が上がっても、蹴鞠に夢中だった女

たちは戻すことを忘れていた。神霊の働きがすべてを曖昧にする夕まぐれ、飛び出した猫を抱いたまま動けない柏木。
「なんということ。御簾があがるなど、あってはならないことです」
と柏木を促す源氏の息子、夕霧。柏木と夕霧。かつての光源氏と頭中将と今評判の二人の貴公子。

さあ、物語を進めよう。


飛鳥とは違う軍事力のない平安の世。栄達は、娘の力頼りの摂関政治。桐壺帝は、弘徽殿女御の子を東宮とした今なら、右大臣も目くじらを立てまいと、先帝の后腹の皇女を父代わりにお世話しようと誘って女御とした。帝は源氏の母に生き写しの藤壺女御に、

「この子を可愛がってほしい」

と頼んだ。

源氏の足は、母を想い藤壺御殿へ向かう。蝶の形をした花が春光をうけて房と

なって咲く藤のさかり、源氏は藤壺女御に見入る。長い髪が顔を隠し、更に扇で覆う。そのうえ、御簾や几帳が隔てる。恋のきっかけは文か、垣間見。間近にみた女御の姿が終生、消えない面影となって源氏の心に残る。

臣籍降下していたにもかかわらず、兄同様、国を挙げての祝いとなった光源氏の元服。四歳上の葵上を正妻とし、左大臣家の婿となった十三歳の源氏。五歳上の藤壺女御への叶わぬ思いを七歳上の恋人、父の弟、故東宮の妃六条御息所に求めた。

源氏は、母の住んだ桐壺を宿直所《とのいどころ》として賜り、もはや間近に見ることのできない人と逢瀬を夢みた。禁忌の掟に囲まれた藤壺女御と光源氏は、「もののまぎれ」としか言いようのない時のなかで、超えてはならぬ関を超えた。源氏は、多くの恋をして密通を隠した。

乳母を見舞ったおりに出会った、頭中将の前妻、夕顔のところへ顔を隠して通った源氏。その夕顔を亡くして罹った熱病。病を癒すために桜の咲き乱れる北山へ出かけ、天衣無縫の少女に目を奪われる。雀を追って走る少女は、藤壺女御に

あやしいまで似ていた。

少女は藤壺の姪。源氏は、母代わりの尼君が亡くなったのを機に、父兵部卿《ひょうぶきょうの》宮《みや》が正妻を怖れて見放してきた少女を、車に乗せて二条邸へ連れ帰った。見知らぬところで不安げな少女に
「女は心柔らかでなければ」

と教え、手習いの手本など書いてみせる。

里帰りしている藤壺女御に源氏が会った夜、女御は懐妊した。

盛儀として名を残す行幸のおり、青海波《せいがいは》文様の袍《ほう》を付けた源氏が頭中将と舞った「青海波」。


もの思ふに立ち舞ふべくもあらぬ身の袖うち振りし心知りきや

「恋に苦しみ舞いなどできぬ身ながら、袖を振ったのはあなたへの思いからだ

青海波

ったのを御存じでしょうか」と詠った源氏に、これまで文を無視し続けていた女御から、

　　唐人の袖振ることは遠けれど起ち居につけてあはれとは見き

「唐土の青海波故事は遠い昔のことながら、昨日の舞いは心に残りました」という返歌。則天武后、持統天皇に匹敵する大后に成長する女御を垣間見た源氏は、秘密の出産を怖れながら待つ。


弘徽殿大后に苛められて亡くなった桐壺更衣と違って、

「ここで死んでは私の負け」

と思った藤壺女御は、見事、男子を産んで元気になった。

その年、帝は若宮を東宮として譲位し、私の父が朱雀帝となった。弘徽殿女御を「あなたは皇太后になるのだから」と説得し、藤壺女御を中宮に、源氏を参議に昇進させた。女御は臣下であるが、中宮は違う。国母《こくも》になると、政治権力を行使できる。

春宴に「春鶯囀《しゅんのうでん》」を舞ったあと、源氏は、藤壺中宮への思い熱く御殿を窺ったが蟻のはい出る隙もない。帰る気になれず弘徽殿の細殿へ足を向けると、戸が開いていた。忍び込むと、

照りもせず曇りもはてぬ春の夜の朧月夜に似るものぞなき

と口ずさみながら、愛らしい姫がやってきた。酔いも手伝って、源氏は袖を捉え、耳元に、

「朧月を眺めあかした私たちは恋に生きる定めですね」と囁いて契りを結んだ。名を聞いても明かさない。朱雀帝への入内が決まっていた朧月夜は、名乗りたくない。せめてもの手がかりにと源氏は扇を取り替えた。霞んだ月が描かれた優しい檜扇。

その後、源氏は右大臣邸で催された藤宴によばれた。集まる人は皆、束帯《そくたい》。束

帯は論語の「帯を束ねて朝廷を出る」から名づけられた朝服。ならば私は私服でと、源氏は表は白の唐織、裏地は蘇芳で、赤紫が白に透ける「桜がさね」の直衣。さらに葡萄染の下襲《したがさね》をつけた大君姿は皇胤《こういん》だけに許された雅な着崩し方。いつだって、外し方が人の心を掻き立てる。

夜更けてから、源氏は奥殿に向かう。酔った振りをして御簾の側に近づき、

「扇とられて辛きめをみる」

と謎を掛けて歩くと、なかにただ溜息をつく姫がいた。御簾ごしに手を捉えた姫は、花宴の夜に契った弘徽殿大后の妹だった。

車

帝が代わると賀茂の斎院《さいいん》と伊勢の斎宮《さいぐう》も代わる。斎院の御禊《ごけい》に朱雀帝の要請で源氏も参列した。その日は、いつもとは違う武官姿。冠の纓《えい》を巻きあげ、馬毛で

作られた耳覆いをつけ、細身の袍《ほう》には唐草模様。蒔絵の弓を携え、刀の柄に下襲の裾を巻き付ける。文官の雅夫《みやびお》とは違う丈夫《ますらお》ぶりが、晴れた日のもとで華やかに際だつ。

源氏の訪れが間遠になった六条御息所は、その晴姿を見たら、心慰むかと人目を避けて見物に出た。遅れてきた葵上一行が割り込み、立ち退きを拒む車が御息所のものと気づくと、男たちが車を奥へ押し轅《ながえ》を置く台を壊す。御息所は深く傷つく。

葵上は出産が近づくにつれ、加持祈禱によっても調伏されない物怪に悩まされた。いつも気後れさせる葵上が弱々しい眼差しで源氏を見る。「夫婦の仲は来世までの縁」と慰めた源氏に返ってきたのは、御息所の声。「あまりに苦しいから、しばらく祈禱を止めてください」といい、

嘆きわび空に乱るるわが魂《たま》を結びとどめよしたがひのつま

「あなたを想い虚空にさまよい出てしまった私の魂を結び留めて」と泣く。

出産のため窶《やつ》れた葵上は何とも可憐で、何故早くからこのような素顔を見せてくれなかったのだろうと、源氏は涙にくれた。夕霧出産後、葵上は物怪に襲われて亡くなり、源氏はそのまま左大臣邸で三ヶ月の喪に籠もった。

葵上の喪が明けて、二条邸に戻ると、若紫がすっかり大人びている。恥ずかしそうに横を向いた顔が、心尽くしても会えない藤壺中宮そっくり。幾日か過ぎた夜、夫婦の契りをかわした。朝起きずに拗《す》ねている紫上をただ気分が悪いのだろうと思っている女房たちに黙って、源氏は乳母子惟光《これみつ》に三日夜の餅を用意させた。

六条御息所が斎宮に卜定《ぼくじょう》された娘と共に伊勢へ向かうと聞いて、桐壺帝は、

「女人に恥をかかせてはならない」

と源氏を諭す。葵上が亡くなり正妻は御息所と世間が騒ぐ。源氏に、その気がない。御息所は周りの目に耐えかねての伊勢行決定。

放っておけなくなった源氏は、晩秋の嵯峨野野々宮を訪ねた。足どり重かった

のに、ようやく会えた御息所との一夜は趣き深い。

桐壺院が崩御し、藤壺中宮は出家した。院の菩提を弔うためというより源氏を避けるため。源氏に襲われる恐怖と源氏を受け入れる危惧のため。出家したなら弘徽殿大后の恨みもかわせる。

朧月夜との逢瀬が露見して官位を剝奪された源氏は、謀反の罪を着せられる前に須磨へ都落ちした。帝の寝《しん》に侍《はべ》る尚侍との忍び逢いを天皇に対する謀反と糾弾されたら、所領は没収される。租を免れた荘園は、身を寄せる者たちの生活を支える大切な財産。

須磨では風や波の音に涙しながら、源氏は海の力を知る。須磨の佇まいは歌にするより絵が似合う。海と空に交感した筆先に魂が集中すると、陰鬱な気分は絵の中に溶けてゆく。絵に詞を添えると、物語が生まれる。

只ならぬ暴風が起こり、落雷で廊下が燃えた。やがて火も風も収まり月が出る。

海賦文様

嵐の余波の海から、桐壺院が現れ、寝入った源氏に須磨から去るよう告げる。

翌日、夢告を得て訪ねてきた入道の船で源氏は明石へ移る。北の方と娘は山手へ移ったので、源氏は浜辺の住まいで寛いだ。邸から臨める一面の海。月影が浪と戯れる夜がとりわけ美しい。

大国播磨《はりま》の受領となった明石入道は、夢をみて十八年、待った。そして、源氏の須磨流謫を神仏の計らいと信じる。

源氏が「心細き独り寝の慰みに」と言い、入道が承諾しても、娘はこない。ようやく歌だけを交わす仲となった。入道の計らいで訪ねた娘の館は、深々とした木立の奥。けれど、娘はよそよそしい。無冠の自分を軽く見ているのかと源氏は熱くなって「語り合いたい」と詠むと、

明けぬ夜にやがてまどへる心にはいづれを夢とわきて語らむ

「夢でしょうか、現でしょうか」と返ってきた。受領の娘と侮っていたが、龍宮の匂いのする姫だった。

明石君に感じる海を愛おしく思うにつれ、紫上に潜む山がいっそう懐かしくなる。紫上はみやびやかに源氏の生活を彩り、明石君はゆほびやかに源氏の子を孕む。

病にかかった朱雀帝が、天変地異を父の遺言に背いたせいと言っても、弘徽殿大后は

「気の迷い」

と取り合わない。しかし、源氏と明石君が心通わせるようになった秋、京で落雷があり、源氏を流したせいと人々が騒ぎ立てた。源氏を戻す好機と考えた朱雀帝は、太上天皇を自認していた母に逆らい、勅で源氏を戻した。

父は、二年経て都に戻った源氏に権大納言の位を授け、翌年、十二歳になった東宮に譲位した。

藤壺尼宮は僧籍にあったので皇太后の位には就かなかったが、女院となられ晴れやかに内裏に出入りした。

命の限りがみえてきた六条御息所は、妻にしないよう釘を刺して、娘の行末を

伊勢内宮の紋

源氏に託した。斎宮出立の日に見初めた朱雀院は、

「お世話しよう」

と使いを送った。

藤壺女院は、冷泉帝に賢い中宮が必要だからと、九歳年上の前斎宮を入内させるよう促す。六条御息所の遺言を口実に朱雀院のことは、

「知らず顔に」

という女院と源氏は、政の同志となっていた。

女院の強い後押しがあるとはいえ、源氏に世間を認めさせる力がない。中宮の父となる算段で、源氏は前斎宮を二条邸に迎え、紫上と共に、入内の準備をすすめる。

入内当日、母藤壺女院に、

「立派な女御に心してお会いなさい」

と諭され、帝は緊張した。けれど、前斎宮であった女御の優しい表情にほっとした。絵の好きな帝の足は、絵の上手い斎宮女御の御殿に向かう。娘を先に入内させていたかつての頭中将は面白くない。

冷泉帝の寵を二分するふたりの女御が、帝の好む絵で競う「絵合」。絵を運ぶ女童から女房の衣裳まで、それぞれ赤系統、青系統に揃えるという念の入れよう。絵はどれも見事で甲乙つけがたい。最後に源氏の「須磨絵日記」が出ると、居並ぶ人々の心は海辺へ飛んだ。帰京後、あえて語らなかった源氏の辛苦が追体験されて、斎宮女御が勝利した。

桐壺帝はかつて
「身分あるものは学問に深入りしてはいけない」
と源氏を嗜《たしな》めた。琴棋《きんき》書画《しょが》が大切と、自ら絵を教えた。源氏は、息子夕霧の元服を早めて、学問を身につけさせるため大学寮に入れた。親王の子は四位に任じられる習わしなのに、六位の浅葱《あさぎ》色の袍を着せられた夕霧。浅葱は快い色。けれど、色が身分を表すものになって、誰も色そのものを愛でようとしない。

藤壺女院が雲隠れした。民の暮らしを案じた女院の葬儀はしめやかにと源氏は考えたが、女院を慕う人は多く、葬送は古代の「誄《しのびごと》」を思わす騒ぎとなった。

源氏はかつて、

「帝と后、太政大臣となる三人の子を持つ」

と宿曜《しゅくよう》によって宣託されていた。帝は冷泉帝、太政大臣は夕霧。后とは明石で生まれた姫であるなら、瑕《きず》無き玉として傅《かしず》かなくてはならぬ。京へ呼び寄せようとしても、身の程について悩む明石君は二条邸へ移りたがらない。入道は大堰《おおい》川辺の山荘を興趣豊かに造り替えて、明石君母子と尼となった妻を都へ旅立たせた。

山荘に置いては入内が難しいと、源氏は紫上に
「一緒に育てて欲しい」
と恐る恐る頼む。紫上は
「姫を抱くことができたら」
と夢みるように呟く。
尼君は、姫の今後を考えて、紫上の手で養育されるよう望み、明石君を説得した。山荘を去る日、姫は母も乗るよう無邪気に促すが、車は母と子を引き離す。

車

姫は雛遊びのように整えられた二条邸で目を覚まし、母がいないと泣く。乳母があやすと素直な姫は、やがて家に馴染んだ。紫上は姫を掌中の玉と慈しむ。

源氏は、藤壺女院が冷泉帝の後見にと望まれたと斎宮女御を中宮に推す。頭中将は、最初に入内した我子をと競う。結局、斎宮女御の立后《りっこう》が決まった。お里帰りしたおり、源氏は中宮に

「唐土では春のさかえを、我国では秋のあはれを讃えます。春秋どちらがお好きですか」

と尋ねた。すると、

いつとても恋しからずはあらねども秋の夕べはあやしかりけり

秋が亡くなった母のよすがと思えて懐かしいと返ってきた。源氏は、六条御息所の屋敷周りも手に入れ、秋を好む中宮にふさわしい邸宅を造る。

秋好《あきこのむ》中宮と優雅な名で呼ばれるようになった斎宮女御がお帰りになる町は、

一つ松

西南。山に紅葉など色づく木々を植え、岩に音を立てて滝をおとした。

東南は春の町。山に花木を植え、池の前は桜、藤、山吹。

東北は夏の町。泉の湧く山里めいたつくりに、卯の花。

西北は冬の町。霜の置く菊籬《きくまがき》と雪の風情に合わせた松。

新築の六条院に里帰りしたおり、秋好中宮は愛らしい女童に濃紫の衵《あこめ》に赤朽葉の汗衫《かざみ》で装わせ、春の町に住む紫上に秋の風情を贈った。


心から春まつ園はわが宿の紅葉を風のつてにだにみよ

「春待ちのお庭に、こちらの紅葉を風の便りに」という歌とともに。中宮は入内に際してお世話した紫上を何かと頼りにし、共に風流な遊びを楽しむ。紫上は、箱に巌を作り松をおいて答えた。

風に散る紅葉はかろし春の色を岩根の松にかけてこそ見め

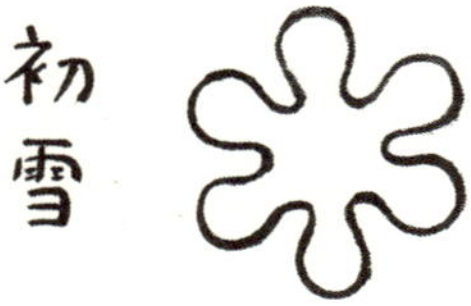

「散る紅葉より根を張る松の緑に春の色を見ていただきたい」と。冬から春への季節を愛でる紫上は、冬の御殿の主、明石君より生まれた姫が春の御殿で花咲かす日を待つ。

桜が咲くと、紫上は、池に舟を浮かべて管弦を奏でた。帰る里も忘れて遊ぶ龍宮が出現した春の町。紫上は、

花園の胡蝶をさへや下草に秋まつ虫はうとく見るらむ

「花園に舞う胡蝶をみても松虫は、まだ春をお嫌いでしょうか」と中宮に桜を贈った。

春の町には紫上、秋の町には秋好中宮、夏の町には花散里《はなちるさと》、冬の町には明石君を配し、源氏は古代の王のように四季を掌握した。政の煩わしい話も、ゆったりと聞く花散里を源氏は重く用いた。家政は国政に勝るとも劣らぬ大事。夕霧を立派な政治家に育てあげたのは、善良で批判力のある花散里。

新年を前に光源氏は、紫上と共に女君たちへ衣裳配りを行った。紫上は源氏の選んだ衣裳で明石君を思い描く。

元旦には明石君から松の枝に鶯を留まらせた見事な菓子籠が姫に贈られた。そして、

年月をまつに引かれて経る人に今日うぐひすの初音きかせよ

「未来へと羽ばたく鶯の声を、老松にも聞かせてほしい」

とあった。

「ご返事は自分でなさい」

と言う源氏の言葉に、八歳になった姫は、

「お別れしていても忘れません」

と一生懸命に書いた。


孫を国母とする明石入道の夢は正夢になりはじめた。源氏は十二歳になった明

石姫君の裳着《もぎ》を行なった。裳着の腰結役は秋好中宮。そのまま入内の用意となる裳着の調度は、気を抜けない。櫛など化粧道具を入れた御櫛箱、筆や墨などの硯箱。調度は勿論、仮名手本にも力を入れた。夕霧が葦、石、流水など水辺の風景のなかに絵画化された文字を紛れ込ませた『葦手《あしで》の草子』を贈ってきた。

いよいよ入内の日。共に参上した紫上は、御所で輦《てぐるま》を許され天皇の后扱い。明石君は紫上に徒歩で付き従う。

明石姫君は十三歳でやがて東宮となる私の甥を産んだ。明石君は子を産んだ経験から姫君に心配り、子ども好きな紫上は皇子のお世話をする。東宮が早く会いたいから帰るように促したおり、十三という若さで出産した娘の体を気遣った明石君に対して、紫上は東宮のおぼしめしに配慮して、若宮だけでも参上させるよう勧めた。光源氏は、面痩せした顔が東宮の情を深めると姫自身を参内させた。

源氏四十賀の前年、冷泉帝は父を臣下に置く心苦しさにたえかね、准太上天皇に祭り上げた。儒教において、孝は、修身、斉家、治国、平天下の基本。重い身

分となった源氏は宮中に参内できず、六条院での院政は行えなかったが、世間は源氏の風雅に平伏した。

紫上は東宮の母となった明石姫君に大切にされている。子たちの繁栄が約束されていたのに、源氏は私を正妻に迎えた。源氏は光らねばならない。生まれながらの天子にその必要はない。「巧言令色少仁《こうげんれいしょくすくなしじん》」。孔子も父朱雀院に似て巧言や美貌に縁遠かったらしい。

源氏が言葉巧みに求めた帝近くの女たち。父帝の后藤壺女御。前東宮の妃六条御息所。兄帝の尚侍朧月夜と愛娘である私。輦に乗れる女とは違う六条院に源氏が引き取った者たち。若さから滴る油で動いていた歯車が、狂いはじめる。

琴

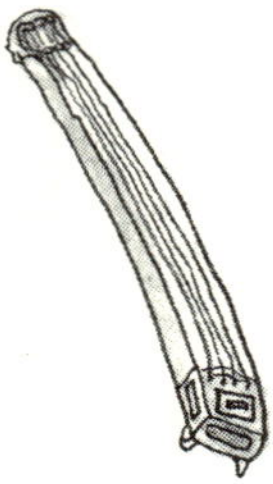

兄帝は私の所領を増やし、位も上げた。紫上は三十九歳、私は二十歳。十四歳

の私に姉のような気遣いをみせた紫上は、いま身分だけでなく、女としての魅力も劣るのではないかと、不要な歎きに沈んでいる。

父朱雀院が私の「琴《きん》の琴《こと》」を聞きたいという。同行を願い、行幸となれば事が大きくなると諫められた兄の今上帝。未熟な音を聴かせては面目ないと、王家のものだけに許される琴の奏法を、昼となく夜となく私に教える源氏。

紫上は、

「この世のこと、すべて見たような気がする年齢になりました」

と出家を願いでたが、源氏は止める。いつのまにか紫上に母を求めていた源氏。

朱雀院五十賀の試楽を催した正月、明石君は琵琶（四弦）、紫上は和琴（六絃）、明石女御は箏の琴（十三絃）、私は琴の琴（七絃）で合奏した。なかなか出ないお許しを得て六条院に里さがりした明石女御は、三児に加えて今また懐妊中。紫上を母と慕う女御は、もはや明石一族を意識していない。一族を離れて一族の夢を叶え東宮の母となった。

内親王、女御、宮の間にあって明石君は入道の娘。着用規制の厳しいなかで、

慎みをみせて女房ふうに羅の儚げな裳を引いた姿は、貴人に対して敬意を表しながら、場を締めていた。

紫上は春の曙に輝く桜、明石君は冬に強い花も実もある橘、藤壺に住む明石女御は藤、私は都の春を桜と競う青柳。調絃役で御簾外で控えていた夕霧は、琵琶は「神さびて」、和琴は「いまめき」、箏の琴は「なまめかしく」、琴の琴は「若き」ものと評した。

私に琴を教える仕事が如何に気の重いものであったか。源氏はそれを語りたくて紫上の寝所へ帰った。紫上は、その夜、私の話し相手に残っていた。私の上達を我事のように喜ぶ紫上。

源氏が戻ってきた紫上に私の琴について尋ねると、

「どうして上達しないわけがありましょうか。他は何もなさらないでお教えしたのですから」

と笑った。「苦労した私に比べ、親元同然の私と生きてきた貴女は幸せ者」と言う源氏に紫上は、

「よるべない身には過ぎた仕合わせにみえるかもしれませんが、堪えられぬ嘆

きばかりが増え、それを祈りにして心を支えています」

紫上は愚痴を祈りに代えて仏に縋《すが》った。心労が限界を超えて病となった紫上を二条邸に移し、その容体に一喜一憂する源氏。

今度は、私の具合が悪いと聞いて、源氏は六条院に戻った。私の褥《しとね》から柏木の文を見つけて驚き、不用意を責める。私は妊娠していた。身に覚えのない源氏は一瞬たじろぎ、すぐに、

「ながく子がおできにならなかったのに珍しいこと」

と女房の前を繕う。

唐猫によって上げられた御簾の端近に立っていた私を見、恋心を抑えられなくなる経緯を、胸ふたがり胸痛く、と書き連ねる柏木の文は、源氏が藤壺女御に寄せた思いの反復。藤壺女御との恋を思いだし、暗然と紫上のところへ戻った源氏。

愚痴っぽい老人となった源氏は、

「寄る年波か、酔うと涙が流れてくるのです。若さにおごっていられるのも今

蔓柏に源氏車

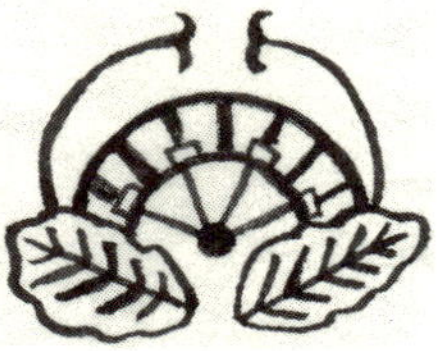

だけですよ」

と万座の中で微笑みながら、柏木を脅す。恐懼《きょうく》した柏木は生きる力を失う。

出家したいという私には
「老いた私を侮っているようですが、朱雀院御存命中、その気持ちを抑えていただきたい」

と声を荒くする。

老獪《ろうかい》な源氏に苛められて、私のなかで柏木が若やかに息づく。


男は忍んできて、帰って行く。女は妊み、悪阻《つわり》に苦しむ。私に何かが住み着いて増殖する。御簾《みす》近くに出るのもはしたないと言われた女にとって、出産は命がけ。准太上天皇正妃のお産と、賑々しく整えられた産屋《うぶや》。生身から滲む液体と順序よく進む儀礼の間で呻《うめ》く私。子とはこのように母を苦しめて生まれるのかと虚ろな意識の夜が明けるころ、身を呑み込むような激痛のあと、何かが流れでた。

出産のついでに死んでしまいたいと思ったのに、まだ生きている。乳母がときおり連れてくる肉の塊は、気味悪い。

産後のひだちを案じた父が、墨染めの衣のまま闇に紛れて、山を下ってきた。突然の来訪に驚愕した源氏が、御帳台の前に案内する。父は几帳を押しやり、涙ぐんだ。

「尼にしてください」

と願いでた私の髪に、止める源氏を振り切り、父は剃刀を当てた。

柏木が送ってきた歌、

いまはとて燃えむ煙もむすぼほれ絶えぬ思ひのなほや残らむ

「あなたへの想いは燃え燻って、この世に残るだろう」と自らを焼く煙を幻視している柏木。

私は胸を打たれ、初めて歌を返した。

立ちそひて消えやしなましうきことを思ひ乱るる煙くらべに

「物思う煙の強さを比べるため一緒に消えてしまいたい」と。

薫を残し世を去った男は、物語に奥行きを与える。女たちの鬩《せめ》ぎ合いによって動きだした『源氏物語』。女同士の話から見えなかった世界が立ち現れた。柏木が寝所を訪れ、それが習いとなったとき、柏木の声は寄せては返す波のよう。意味を持たず、ただ心地よい。そして、私は、恋の常套句とは違う源氏の呻きを聞いた。今まで調度のように置かれていた私が源氏と対峙していた。

父が子の口に餅を入れる五十日祝いに、源氏が薫を抱き上げる。

「誰に似たのか可愛い子。出家したからといって、我子を抱いてはいけないという法はありませんよ」

と言いながら、赤子を私の胸に押しつける。更に近づき、

「蓮の台に共に住もうと約束したではありませんか」

など平然と言い寄る。

へだてなくはちすの宿をちぎりても君が心や住まじとすらむ

「蓮の宿を約束しても、あなたの心は私と一緒に住もうとはしないでしょう」と返す私。すむに「住む」と「澄む」をかけて、源氏の澄んでいない心を即座に歌にする私。

源氏は驚く。

「突然、歌がお上手になりましたね」

と。儀礼と思い難儀だった歌が今は自由に出てくる。

肩にかけられた手を解き、

「出家した私にそのようなことはなさいますな」

すると源氏は、

「なんと、私の心を無碍《むげ》になさるのか」

悲しそうな顔をして女の心を得られたのは昔のこと。訪れを待っていた者たちが示し合わせたように源氏を遠ざける。境遇の違いを超えて、紫上、明石君、私は一つの塊となって源氏から離れてゆく。

私や朧月夜の出家に際して、すべてを整えた紫上。出家を許されない自身のためには、法華経千部を納める供養を行う。筆写は謹厳な漢字。写経の見返絵には紫上の描いた葦手絵。紫上の美質が工夫の限りを尽くした装飾経。手伝おうとする源氏を、

「ほんの内輪のことですから」

と制する。

命の終わりを感じて、紫上は明石君はじめ女君たちへ別れの歌を贈る。可愛い姫を取り上げて済まないと思ってきた紫上。けれど長い年月、いつしか心うちとけ語り合うようになったふたり。明石君は身分の低さ故《ゆえ》に、愛娘の養育を紫上に託した。いま、紫上は身分の低さ故に、私への気遣いで疲れ果ててしまった。

惜しからぬ此の身ながらも限りとて薪尽きなむことの悲しさ

姫を産んだ明石君とは違う我身。「この世に残る未練などないはずなのに、命

尽きるのが悲しい」と。

明石君は紫上の心を充分に汲んで、それでもこっそり贈られた別れの歌なのだから、誰に読まれても悟られないように、

薪こる思ひは今日をはじめにてこの世に願ふ法ぞはるけき

「尊い御法がいつまでも続き、あなたのお命も」と詠んだ。その奥で、あなたに立派に育てられた中宮が、この世の仕合わせを伝えてゆくと、紫上を光源氏の子孫の始まりに讃える。

競い合う心もあったはずなのに、だからこそ、お互い分かり心許しあえた仲。紫上がまず一人、行方も知らぬ道を旅立つ。

紫上を見舞うため、六条院の女楽《おんながく》以来、五年ぶりに明石中宮が里さがりした。ただ臥しているだけだった紫上が、脇息《きょうそく》に体をもたげて中宮の顔を満足そうにみる。二人は血縁も、年齢も超え、女であることを交感しあう。起きて中宮と語り

薄と露

合う紫上を、こよなく嬉しく見入っている源氏に、

置くと見る程ぞはかなきともすれば風にみだるる萩の上露

「いまは起きていても風に散らされる露のように命絶えようとしています」と詠う紫上に、源氏が唱和して、

ややもせば消えをあらそふ露の世に後れ先だつほど経ずもがな

「露であるなら、一緒に消えたい」。中宮は、

秋風にしばしとまらぬ露の世を誰か草葉の上とのみ見む

「まこと露の命は草葉の上だけとは思えません」

紫上は横になりたいと言い、女房が几帳を引き寄せ、源氏を隔てた。紫上に心寄せていた女房たちは、誰に看取られたいかを知っていた。中宮が紫上の手を取ると、消えいる露のように息絶えた。

北山の自然児、紫上は制度の求めた母子関係を愛に変えた。「艱難辛苦《かんなんしんく》、汝を玉にす」。見事な玉となった紫上。南海で教養を身につけた明石君は、実子を中宮にして家制度の栄を手にした。

父入道から莫大な財産を手にした明石君と違い、紫上は何も持たない。無関心な父とは逆に、絡め取る愛で紫上を苦しめた源氏。光を紫上に注ぎ尽くした源氏は、いまは影。喪服を身にした源氏に、夫は二度喪についてはいけないと喪葬令をたてに叱責する者、出家したとはいえ正妻である私がいるのに、喪に服すとは何事かと非難する者。そんな世間はもういい。ようやく自分の心に従う源氏。

源氏が、春になって訪ねてきたのは私のところ。

「花への興味も失せたけれど、手向けの花には心惹かれる」

などと、仏壇の花を眺める。更に、

「花の好きな人のいない庭で山吹がいつもより見事に咲いている」

私は、

「谷には春も」

と答えた。古歌「光なき谷には春もよそなれば咲きてとく散る物思ひもなし」によせて、「紫上も私も、花に心乱されない」と言ったけれど、源氏には通じない。

源氏は、次に明石君を訪ねる。冬に閉じこめられた明石君に春のあはれへの共振は難しい。源氏の言葉に一喜一憂していた人も、今は中宮の母。娘や孫の世話で忙しい。影のように中宮に寄り添う明石君は、あの厄介な世間の覚えもめでたい。

公の場が煩わしくなった源氏は、紫上のもとへゆく準備をはじめた。須磨で受け取った文も煙にした。


大空を通ふまぼろし夢にだに見えこぬ魂のゆくへ尋ねよ

「玄宗が楊貴妃を尋ねたように、夢にさえ見ぬ紫上を探したい」と詠んだ歌は、五十年前に桐壺帝が源氏の母を亡くした時の歌と瓜二つ。父同様、源氏は愛する者の招魂再生をむなしく祈る。

舟

光源氏の物語は終わって、息子薫の現実がはじまる。源氏は、薫を秋好中宮に預け、冷泉院御所で育てるよう遺言した。母代わりと自認する秋好中宮、明石中宮、私それぞれを気遣う薫。

源氏没後、私は、父の残した三条邸に移り、女房たちを集め物語制作について語った。出家のおり、源氏が尼にした女房は丁度、十人。一瞬、驚き、そして大いに喜び、協力を誓った。

いざとなると、女同士の連絡網は驚くほどの緊密さ。宿下がり、方違《かたたが》えでさまざまな邸に出入りしている女房たちは、主人の動向を交換しあう。実家に戻ったときには、母娘、姉妹、従姉妹同士で噂を増幅する。

物語制作当初、冷泉帝が光源氏を太上天皇とした理由を知りたかった。それは、桐壺更衣を死なせた桐壺帝の贖罪《しょくざい》に始まる。源氏を東宮にできなかった桐壺帝の深慮遠謀。更衣によく似た女御の入内は、その布石。

藤壺女院崩御後、母と源氏の血統を残すまいとした冷泉帝は、秋好中宮からも離れた。子を作らず、私の兄を帝とした。在位中、子の誕生を控えた冷泉院は、退位してから子作りに励んでいる。自分に国母となる道を閉ざしておきながら、今更なんで若い妃に男皇子を産ませるのか。秋を愛して秋好中宮と持て囃された薫の養母も老いて、冷泉院の若い妃に妬心を露わにしている。

冷泉院は、兄八宮《はちのみや》に心を寄せる。八宮を東宮にと考えた弘徽殿大后のため、源氏に疎まれた不遇な兄への配慮。というより八宮の美しい姫たちへの興味。姫君ふたりの面倒をみようなどと、宇治の山奥に住む八宮の師である阿闍梨《あじゃり》を呼んで言う。

弘徽殿大后に見込まれた八宮は、兄源氏と違い、権力闘争や女人争奪に不得手な親王。正妻との間に二人の娘をもうけ妻を亡くす。妻の姪であった女房、中将

君に面影を求め形代《かたしろ》とした。その中将君に子ができると暇を出す。源氏が政を恣《ほしいまま》にしたとき、八宮邸が炎上した。源氏の意を迎えた者の放火と噂された。八宮が宇治の別荘に移り住んでから、長い月日が経った。

御所より牛車で半日かかる宇治。滔々《とうとう》と流れる宇治川と緑美しい山々。桜紅葉を愛でる別荘には良いけれど、川音が響き渡り、冬ごとに淋しい住まいは、親王の邸にふさわしくない。

八宮を仏教の師と仰ぐようになった薫は、宇治通いを続け、その住まいに要り用な品々を用意した。そして、三年目の晩秋、八宮が阿闍梨の山寺に籠もった留守に、月光のもとで琴と琵琶を合奏する姫たちを垣間見た。その夜、父に代わって応対した姉の大君《おおいぎみ》に恋した。

八宮が急逝する。薫は、

「宇治の八宮さまが亡くなられました」

と私に報告した。

「それはそれは……」

「葬儀を執り行うものがおりません」

「それでは貴方が」

「そうさせていただきます」

薫は葬儀万端を仕切った。その後も残った者たちの面倒をみていた。

八宮逝去後一年、ようやく喪が明けたおり、薫が折り入ってお話ししたいことがあるという。

「宇治の大君を妻にお迎えしたいのです」

「それはそれは……。で、どのような御方ですか」

「母上に似た方です」

「それはそれは……。従姉妹同士、似ていて不思議ありませんね」

大君は、父八宮に、

「私と亡くなった母君の名を汚さぬように」

と訓戒されていた。婿を用意せず、宇治を離れるなという父の意は、ここで白

骨になれということか。「父の娘」である自分は、それがいい、けれど、妹は仕合わせに生きてほしい。

薫を手引きしようとする女房たちを警戒しながら、自分が父代わりとなって、薫と妹中君《なかのきみ》を結ぼうとする大君。邸を仕切る弁尼が薫を寝所に招き入れることを予知した夜、大君は中君と薫が契るよう願って、床を離れた。大君でないと知った薫は、中君と空しく語り、明け方に帰る。

中君を生んで亡くなった母。いっとき母代わりに父に愛された中将君。子ができ父に追い出され、妹浮舟を産んで常陸へ行ったという。幼かった妹中君は何も知らないけれど、大君には女房たちの話が耳に残っている。

このころ三条邸が焼失し、薫と匂宮《におうのみや》は昔のように六条院で共に過ごす。囃し立てることの好きな世間は、ふたりを

「匂うの宮さま」

「薫るの君さま」

と誉めそやす。薫生来の薫りに負けじと香を焚きしめる匂宮。匂宮は源氏の孫。

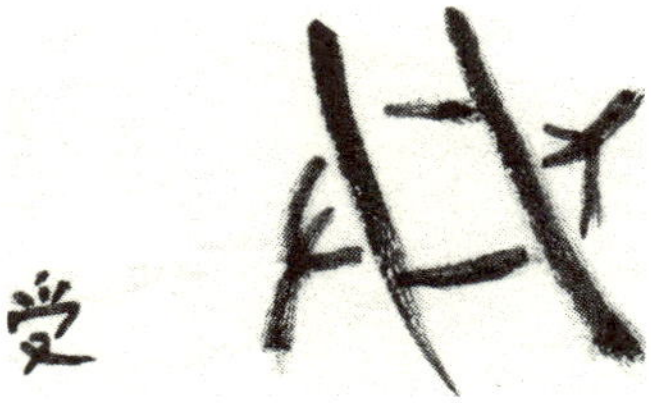

父は今上帝。母は明石中宮。長兄は現東宮で、兄即位の暁には東宮にと目されている皇子。

匂宮が中君との仲を遂げたら、大君に許してもらえると考えた薫。ふたりは若い気持を宇治の姫たちに傾ける。しかし、匂宮の宇治行は難しい。何処《どこ》へ出かけるにも、上達部《かんだちべ》が沢山ついてくる。

薫が、ようやく匂宮を案内した夜、匂宮と中君は結ばれた。けれど、大君は、薫を拒否する。匂宮の移り気を案じながら、父代わりとなって三日《みか》夜餅《よのもち》を整え、二人の今後に心痛める大君。

やんごとなき身分に何かあってはと匂宮を監視する明石中宮。匂宮に、夕霧左大臣六君との縁組がまとめられた。あのとき妹を置き去りにして謀ったばかりに、今度は謀られて匂宮を妹のところに引き入れられたと悩み、病に倒れる大君。

大君は阿闍梨を呼んで受戒したいと切望した。けれど、弁尼はじめ、女房たちは薫の意向をたてに許さない。看病の甲斐なく亡くなってしまった大君の葬儀を、呆然と執り行う薫。世を厭う似た心根を持ちながら、結ばれずに終わった薫と大君。

薫の様子が気がかりだった私のところへ、薫の女房が訪ねてきて、

「大君さまの形代に抱かれるのは耐えられない……。でも、他に生きる場所がありません」

という。私は驚いた。薫が宇治から連れ帰った召人が、私のところへ助けを求めてくるなど、どういうことか。なのに、女房たちは
「良い娘ですよ」

と、口を合わせる。私の手をそっと握って、

「宮さま。お願いします」

と目を合わす娘。無礼なと思う私に、手の温もりが快く全身に伝わる。私のところに置くと決めた。

少納言と呼ばれるようになった女房が、私の周りを替えた。私のため尼となった女房たちと一世代違う物の見方が、世の移り変わりを伝える。

少納言には、不思議な才があった。好奇心一杯の問いが、身分などというものを解きほぐしてしまう。普通は人に尋ねたりしないのに、と思うことも、平気で口にする。

光

「恋とは何でしょう」

と問う少納言。

母に当たる年代の女は、みな笑う。

「そのようなものから逃れてきた女たちに聞いても無駄、無理」

「だからこそ、お聞きしたい。歌や物語から学び、お仕えするお姫さまにお教えするよう求められても、現実はまるで違う。恋とは何ですか」

いつも無口な尼がはきはきと、

「それは、存命の喜び。春の曙を待つとき。おかっぱ頭を傾けて苺をたべている子を見るとき……それも恋。それが恋」

少納言は、

「なら、ここで作る物語は現をみせる話にしてください」

三条邸で、風のそよぎを感じ、光のゆらぎを味わう。意が音になる不思議。声と声とが絡み、集まった人の心が響きあって、琴の音より美しい楽になる。

兄帝は、十四歳の女二宮を薫に託したいと文を寄越した。

明石中宮は子沢山なのに、麗景殿女御《れいけいでんのにょうご》の子は女二宮ひとり。中宮より早く入内していた故左大臣の娘は、明石中宮の統べる後宮に居場所がない。女二宮の裳着を盛大に準備していたおり、女御が急逝した。

母の喪が明けると女二宮の裳着が催され、翌日、薫は婿として参内した。昼は三条邸で物思いに耽り、日が暮れると気乗りしない様子で宮中へ向かう。

しばらくして薫は

「内親王さまを此方にお迎えして、よろしいでしょうか」

と問う。私が

「それはそれは……。それなら寝殿をお譲りしましょう」

と応ずると、

「それでは母上に申しわけありません。寝殿との廊下を繋いで御殿を増築させてください」

兄帝は、

「内親王ともあろうものが、婿君の住まいに移られるというのは」

と躊躇したが、私の意向を尊重した。十四歳で降嫁した私を淋しそうに見てい

浮舟

た兄が、鍾愛《しょうあい》する女二宮を私の子と結んだ。

宇治の邸から八宮に追われた中将君は、悲しんでいたばかりではない。親王の子を得た美しい中将君は、たちまち都で評判になった。女房たちが、吹聴したせいである。次々と現れた求婚者から、中将君は武士にも睨みのきく強い男、受領《ずりょう》常陸介を選んだ。富と力を持つ男を手に入れた中将君は、高貴な血筋の浮舟を大切に育てる。左近少将を婿に決めたが、財力目当ての少将は、常陸介の実娘が良いと言う。

居場所のなくなった浮舟を、中将君は、今は紫上から匂宮に贈られた二条邸で暮らす中君に預けた。異母妹の存在を知らされていなかった中君は、大君そっくりな浮舟に驚く。

中君と男児を儲け、夕霧左大臣の婿となっていながら、浮舟に迫る匂宮。浮舟の側を離れず匂宮に手出しさせなかった乳母は、中将君に事態を告げ、浮舟は隠家へ移される。

なお狂おしい恋心に囚われている薫は、宇治邸を御堂に変え大君の人形を納め供養しようとする。大君に似てくる中君に言い寄る。ふたりの仲を疑う匂宮。中君は、自分に向けられた激情を振りきるため、浮舟の話をする。

「亡き姉上に生き写しの人がいるのです」

という言葉に半信半疑の薫。

「この夏、遠いところから京に戻ってきたのです」

薫の女君となった浮舟の所へ、薫を装って忍び込んだ匂宮。宇治川を舟で渡って小島で過ごした雪夜、白の袿《うちぎ》を重ねただけで寛ぐ浮舟は宮の目に、こよなく美しい。

すべてを知った薫は、宇治荘園の武士たちを集め匂宮の侵入を阻止する。匂宮と競って激しく燃える薫。薫のまえで見せた媚態に焦がれる匂宮。薫は浮舟を四月に京へ移そうと邸宅を造りはじめた。匂宮は三月末に連れだす算段をする。

浮舟のまえで女房たちが都へ移るための衣裳を染め縫う。染まれば染まるほど、縫い上がれば上がるほど、追いつめられる浮舟。

乳母子は乳母と対立し、匂宮を招き入れた経緯を自分の母に語らない。事実を知らない中将君は、

「匂宮と過ちがあれば浮舟と母子の縁を切る」

と宣言する。その言葉に浮舟は自死以外ないと思い詰める。


母のない子は哀れというけれど、母のいる方が大変。母なし子であった光源氏や夕霧と違って、薫や匂宮は、母の顔色を窺う。

子の人生に介入し、子の一生を台無しにする母親。娘を愛する故と思い込み、自身の得られなかった幸せのため奔走する中将君。

人並みに扱われなかった屈辱を噛みしめ、

「この子だけは仕合わせに」

と考えた母に人生を乗っ取られた浮舟。

常陸介との間に何人も子を作った中将君は、悩ましげに痩せ、

「もう少し居てほしい」

と哀願する浮舟に、異母妹の出産を理由に帰った。浮舟は思う。連れ子の私さえ居なかったら、母は北の方として何不自由ない生活を楽しめると。
母の思惑と男の欲望の間を漂う浮舟。

嵐のなか、格子をあけ縁先に出た浮舟は、夢か現のあわいを美しい男に抱かれて川へ向かう。宇治橋のもとで気を失い、横川の僧都一行に助けられる。小野の庵に運ばれてふた月、意識が戻ると、今度は耳を驚かす大鼾《いびき》。

高鼾で眠っている僧都の母尼は、藤壺女院と同世代。消え入るように亡くなった女院や紫上と違って、長く生きた人のその後。病と死は分りやすいけれど、老いは厄介。思えば出会ったとき老いの坂を歩いていた源氏。呆けた母尼は無欲な存在。この世の約束事から解放された自足そのもの。

我娘の生まれ変わりと信じ介抱した僧都の妹尼は、浮舟を亡き娘の婿に会わせようとする。沈黙する浮舟代わりに歌を詠む妹尼は、浮舟が母に見た悪夢の再現。

僧都が明石中宮の要請で下山したおり、浮舟は懇願し尼になる。鄙《ひな》から都に渡された宇治の橋、その憂し川をようやく離れた浮舟。

宇治では、薫が帝婿であることに悩んでいた乳母が、浮舟を隠したのは女二宮と考え、自分の血縁を使って遺体のない葬儀を済ませた。薫は、供養を盛大に行なう。

妹尼の甥紀伊守の依頼で追善衣裳を縫う尼たちは、美しい唐衣を浮舟に着せてみようとする。それが浮舟供養のものとは知らず。浮舟は、

尼衣変はれる身にやありし世のかたみに袖をかけて偲ばむ

「尼になった私が俗世に袖を通して昔を偲んだりするはずもない」

好奇と期待に晒された髪を切った浮舟に

「尼姿を後悔してはなりません」

と説教をした僧都。なのに、明石中宮に宇治で女を助けた話をし、浮舟の生存を知った薫が執着すると、今度は

「還俗して右大将殿の愛執の罪を消してあげるように」

文

と権力に追従する。

薫は浮舟の弟小君を送って

「どうか行方知らずになったおりの、お話だけでも聞かせてください」

と文を届けた。妹尼から返事を書くよう促されても、黙っている浮舟。

誰か男が浮舟を隠していると考え、

「使者などやらなければよかった」

と思いながら、恋敵を捏造して想いを募らせる薫。

冷泉帝は帝位に就いて、誰にも口を出させず源氏を太上天皇とした。栄華に疲れた薫も天皇の婿である今、もはや権威を捨てきれない。出自について周りを沈黙させている。

冷泉帝と藤壺尼宮、そして薫大将と私の生涯が、合わせ鏡になって完結する『源氏物語』。けれど、私のなかでこの物語を書きつづける情熱が失せた。これまで貯め込んできた不満が、共感の溜息となって場に溶けてしまう。言葉が「いのち」を持つのは、人を行き交う「いきのうち」。居場所を得た言葉が向かう先は、言葉の地。文様と言葉の生まれる場所。

薫は、三条邸に立派な御殿を用意したが、あまり通わない。兄は、薫と女二宮が親しんでいないのではないかと、心痛する。けれど、二宮は、私たちと楽しんでいる。少納言とは、とりわけ気が合う。

少納言が問う。

「遠くて近きものは」

「それは極楽」

と私。

「人の仲」

と二宮。一座は

「うまい」

と遠慮なしに笑ってしまう。男女の仲ほど遠くて近いものはないらしい。いや、近くて遠いと言うべきか。父によって類い希なと世間が騒ぐ夫のもとに送られた私と二宮。

少納言が続ける。

「人と花」

皆が訝《いぶか》ると少納言が言う。

「咲き誇る八重桜に向かって、なんと綺麗なと呟くと、桜の花に目が付いて綺麗なのはあなたと笑う。遠くて近い人と花」

「嘘くさい」と漏れてくる声。私は二宮と目を合わせて声の方に頷く。すると、少納言は、

「皆さまは御殿のなかにばかりいらして御存じないのです。川辺の柳が風に揺れ、八重桜が夕映えを背にしている姿に出会っていないからです」

と私たちを哀れむ。

「では、来春は牛車を出して、皆で観にゆきましょう」

と私。

「でも、そのような花と光にうまく会えるものかしら」

と二宮。少納言は、

「大丈夫です。花が終わったあと出かけたときは、また会えて嬉しいと葉が小

刻みに震えていました。雨の風情もかけがえない」

談笑は終わらない。

「花は」

「藤の花。花房長く、色好く咲いているのが美しい」

「卯の花。咲く時期がいい。不如帰《ほととぎす》が隠れていると思うと床しい。紫野斎院近くの垣根に、白くこぼれるのが似つかわしい」

女房としての少納言の見識。仕事にいそいそ生きる姿勢が、周りを元気にする。明るい笑顔が、それぞれに眠っていた能力を引き出す。

二宮の女房たちも楽しい。ひそひそ陰口を言っていた昔の女房とは、まるで違う。

「ただ過ぎに過ぐるもの」

「帆かけたる船」

「人の齢」

さんざめきのなかで、光源氏の言葉が甦る。そう、誰も老いからは逃れられない。だからこそ、若い人たちに囲まれていたかったのか。

向筆紋

笛の音に驚いた日があった。その笛は、柏木が身につけていたもの。光源氏が大切にするようにと薫に渡し、手ほどきしたという。薫のさびしみに老境の源氏が深い共感を示したのだろうか。ただおぞましかった赤子が大人になって、母である喜びを教える。

雰囲気がそっくりになった薫のなかに、柏木を知る私。けれど、柏木と薫は違う。柏木は私の意を無視して抱き、薫という至宝を贈った。薫は大君の心を大切にして死なした。

女二宮は、これまでの住まいに比べて、なんと居心地良いと喜び、歌詠みに夢中。歌の上手い女房に学び、進講にやってくる歌人や僧侶の話も熱心に聴く。けれど、歌を磨くのは哀しみ。二宮の歌は響きは良いが、空疎。浮舟の歌には戦《おのの》きがある。私は共に住む二宮の無邪気を愛しながら、浮舟に思いを馳せる。

山で暮らしている浮舟は、私の分身。いや、昔の私。不思議なほど言葉数も少なく茫洋とし、外からは何も考えていないように見える浮舟が、手習いをして

いると聞く。「手習の君」と呼ばれている浮舟は、何を書いているのだろう。筆が動きはじめ気づかなかった内奥が浮上してくる「手習」。爽やかな水とは違う、沈澱した泥のような言葉を探る行為。

無責任な同情や誹謗、周りの勝手な言い草を、言葉の舟に乗せ編み直す面白さ。不如意な人生は語りなおされなければならない。逆風をおほどかに受けてきた浮舟にこそ、許された物語生成の現場。そこに明かされるもう一人の自分。他人の言葉のなかに浮いていた浮舟がいま、碇を降ろそうとしている。

匂宮を次期東宮にと考える明石中宮は、子煩悩な母。東宮はじめ多くの子に恵まれ、後宮において圧倒的な力を持った。匂宮と中君の暮らしている二条邸は、紫上の愛した空間。そこに住む中君の男児に心を寄せ、僧都に聞いた浮舟の話を薫にし、匂宮には黙っている中宮。

世の中は大きく変わり、摂関家に昔の力はない。夕霧のやり方に人々が納得していない。十三歳で現東宮を産んだ可憐な少女が、堂々たる政治家中宮となって人の心を集めている。明石で育った丈夫な母から生まれ、紫上の愛を一身に受けた中宮は、物怖《ものお》じするところがない。弘徽殿大后に倣って政に勤しんでいる。

兄からさまざまな相談を受ける私は只の聞き役。けれど、帝と中宮が大切にし、朱雀院の所領をまとめて預かる私の周りには、女房ばかりか、有能な男たちも集まる。公卿たちが先を争ってやってくるばかりではない。警護のためにと武士たちもくる。そして、力づくで奪った土地を私の荘園にと寄進する。国の仕組が変わり始め、私の所領は増え続け、新興勢力の拠点となっている。

三　剣の巻

——建礼門院の語り

剣は武力。善悪が武力によって決定される怖い世の中。

日本中を巻き込んだ源平の戦で、海を舞台にした平家は剣と共に消え、山を舞台にした源氏が剣で都を制したのです。

『平家物語』は、仏教の縁起と無常に彩られています。

建礼門院の父平清盛は、白河院の落胤。白河院は鳥羽天皇を、待賢門院《たいけんもんいん》の産んだ崇徳《すとく》天皇に替えます。白河院崩御後、鳥羽院と美福門院は近衛天皇を帝位につけますが、天皇は十七歳で亡くなってしまいます。崇徳院をなんとしても遠ざけたい鳥羽院と美福門院は、後白河天皇を践祚《せんそ》させ、こうして誕生した後白河天皇と崇徳院の間で、保元の乱が起きました。

保元の乱後、力を持った清盛は、後白河院と二条天皇、双方に心を配ります。二条上皇崩御後、後白河院は滋子《しげこ》（清盛の妻時子の妹）との間に生まれた皇子を高倉天皇とします。滋子存命中は蜜月だった後白河院と清盛の仲も、滋子が亡くなると険悪になり、清盛は軍を率いて後白河院の院政を停止させました。

清盛没後、宗盛率いた平家は西海に逃れ、京では後白河院が安徳の弟、後鳥羽天皇を即位させます。源氏は平家を滅ぼし、鎌倉に幕府をひらきます。承久の乱を起こした後鳥羽院は敗れ、公家は武家に、京は鎌倉に、支配の座を譲りました。

生きながら、天上から地獄までの六道《ろくどう》を目の当たりにした建礼門院の話をお聴きください。

臣下に降ろされた光源氏、生まれるまえに、白河院から臣下に与えられた平清盛。『源氏物語』は源氏から、『平家物語』は平家から、中宮を出す物語。上りの勢いより崩れるときが美しい、富み栄えたら、それにふさわしい衰えがある。清盛の娘として生まれ、高倉天皇の中宮となり、安徳天皇を儲け、建礼門院の院号を賜った私は、壇ノ浦で囚われの身となった。

『平家物語』では早々に亡くなっている私は、公家が武家、京が鎌倉へ支配の座を明け渡し、安徳天皇の弟、後鳥羽上皇が隠岐へ送られる様までを見た。

風

私の生まれた年（一一五五）に即位した後白河天皇は、二十九歳。今様に興じていた「文にも非ず、武にもあらぬ暗愚な四宮」と嘲された皇子。

後白河天皇即位の翌年、七月二日に鳥羽法皇が亡くなると、美福門院が王家家長の地位に就き、崇徳上皇と対峙。

七月十一日夜半、けたたましい蹄の音が京に響きわたり、六百余騎が鴨川を渡って崇徳上皇の陣、白河北殿に攻め入る。結着の鍵は平家。

清盛の父亡きあと、平家の女主となった池禅尼《いけのぜんに》は、清盛に後白河天皇に付くよう促した。我子頼盛には兄清盛に従うよう厳命。こうして清盛は紺の水干、小袴に紫革の甲冑を着て、弟、頼盛、長男、重盛の陣頭に立って赤旗を掲げた。

平家の叔父と子、源氏の父と子が敵味方に分かれた保元の乱は、一日で後白河天皇方の勝利に終わる。そのあと、王権の中心であるはずの崇徳上皇が都から放

「平家納経」観普賢経（見返し）

逐された。

武士に対する処分はさらに厳しく、清盛は叔父を、義朝は父を斬首。父や叔父を斬った血塗りの剣が風雲の始まりとなった。

保元の乱の四年後、六波羅の館に見慣れぬ人が集まり、なにやら騒然としていたさまが朧気《おぼろげ》な記憶に残る。

父清盛が熊野参りで京を留守にしていた冬の深夜、後白河上皇の寵臣藤原信頼が源義朝を使い、院御所三条殿に火を放つ。政治改革を試みていた信西《しんぜい》を自害に追い込んだ信頼が朝廷を支配し、義朝を播磨守、息子頼朝を右兵衛権佐に任じた。

熊野参詣から急ぎ戻った父が、女装した天皇を六波羅にお迎えすると、関白はじめ、公卿、殿上人が次々と参上した。官軍となった父は賊軍信頼、義朝を討ちとった。

二条天皇親政で落ち着いたのもつかのま、永万元年（一一六五）、二条上皇が崩御すると、政治の実権は後白河上皇に移る。こうして、私の母時子の異母妹滋子の産んだ高倉天皇が誕生した。

父清盛は、絵や書を愛した。父、自ら筆を取った平家納経づくりは、少女時代の愉しい想い出。私も金砂、銀泥、絵皿をおいた毛氈《もうせん》の上で彩色した。大日如来を本地とする神社は、伊勢神宮と厳島神社だけ。伊勢神宮は皇室の神。厳島神社は平家の神。

仁安三年（一一六八）、病にかかった父清盛は、母時子とともに出家。『平家納経』の御利益か、父の病は回復。元気になった父は福原に移り住み、その整備と宋貿易に力を注いだ。翌年には、後白河上皇も出家。

高倉天皇が元服すると、国母として院号を授けられていた建春門院滋子の重みが増した。西八条に作られた平家館も見事だったが、建春門院御所の優美さは格別。私が待賢門院の例に倣って法皇の猶子となって高倉天皇のもとへ入内《じゅだい》したのも、事あるごとに私を皇子に会わせていた建春門院の力によるもの。

蝶と菊

女も心がけ次第で立身出世が望めると考えた母と叔母は、心を合わせ、私の入内を進めた。衣裳を整えたのは母。紅色の濃淡の袿《うちき》の上に柳の小袿を重ね、表には薄紅の煌《きら》びやかな唐衣。

衣裳の色を合わせながら、母は、

「御所に入ってからは、御自分で考えなければなりません」

頷く私に、

「本当に分かっているのでしょうか。決して粗相があってはなりません。あなたを見て、人は平家一門の力を測るでしょう」

と、私の不安を煽る。そして、

「権勢を誇っている滋子は、上西門院に女房としてお仕えしているうちにお手が着いただけ。入内したわけではありません」

などと言う。共に平家繁栄に力を尽くしながら、天下に君臨する法皇の寵妃となった異母妹への羨望を私の入内を通して、晴らそうとするかのような母。

私より六歳若い帝と語りながら、通い合うものを感じた。後白河法皇と平清盛、強い父、いや強引な父たちの間で苦しまれた帝の心労は、私の比ではない。一度だって政治的野心など持ったことのない帝を、入内した私を通して叔母と母が支える。

叔母は繰り返す。

「幼い帝はあなたが頼り。共に遊んでおられたときから、姉上がほしいと仰せでした。どうぞ可愛がってくださいませ」

「いいえ、お歳は下でも、帝には覚悟がございます」

「そう、帝王教育をいたしましたから」

「帝は建春門院さまの期待どおりのお人。私の方こそ、帝が頼り」

という私を、

「違います」

と、強い口調で遮った建春門院は、秘密を漏らすように囁く。

「男は弱いもの。どうぞ寛容に」

後白河法皇五十賀を、平家一門は総力を挙げ執り行なった。法性寺殿では、趣きのある屛風に、贄をこらした錦の打敷物。得も言えぬ薫物《たきもの》の香。その日、上西門院、建春門院と私は、それぞれ趣向を凝らした打出《うちいだし》の女衣《おんなぎぬ》で寝殿を飾った。御簾の下から溢れでる色鮮やかな袖や裾は牡丹の花のように、儀式全体を彩る。

後白河法皇の姉上、上西門院の匂やかな佇まいに息を呑んだ。白河法皇はじめ多くの人に愛された母君待賢門院も、かような方であったかと盗み見る。

この日、お目にかかって生涯、心に貼りつくことになる式子内親王。斎院中に病になられ、退下されていた内親王が、父上の賀に治世を頼む寿歌《ほぎうた》を献上された。

うごきなくなほ万代《よろずよ》をたのむべきはこやの山の峰の松風

法皇は、満面の笑みで手にとり、それから今様風に節を付けて朗詠された。

法皇は御自身と同じ資質に恵まれた式子内親王を、とりわけ愛しておられた。賑やかな喧噪に溶けこもうとされない内親王の周りには、森とした神々しさがまとわりついていた。その内親王の眼差しが兄宗盛に向けられて、二人の間に風が通う一瞬を、私は感じた。

楽、舞、詠、法会、御賀行事は滞りなく続き、翌日は宴。船遊びに毬遊び。日暮れと共に始まった管弦の響き。なかでも見事で、光源氏もかくやと褒めそやされた重盛の嫡男維盛《これもり》の「青海波」。

平家絶頂のころとはいえ、保元の乱からわずか二十年、平家公達が光源氏の再来と謳われた。光源氏が舞ったのは庭の水辺に紅葉が散るとき、維盛は庭の白砂子に桜の舞うとき。空には朧月がしっとりと影を見せていた。

華やかな五十賀のわずか四ヶ月後、にわかの病で建春門院が三十五歳の若さで亡くなるなど、誰が思ってみたことか。法皇と清盛との間を取り持っていた女院の醸す柔らかな気配が消えると、代わりにきな臭い匂いが漂いはじめた。

「鳥羽院崩御後の混乱に終止符を打った女院。亡くなってからを思うと、女院の聡いお心ひとつで世が治まっていた」

という声が上がるほど。

建春門院逝去の翌治承元年（一一七七）、西光《さいこう》入道、俊寛《しゅんかん》僧都、藤原成親《なりちか》らが捕らえられた。俊寛僧都の鹿ヶ谷《ししがたに》山荘に集まって、

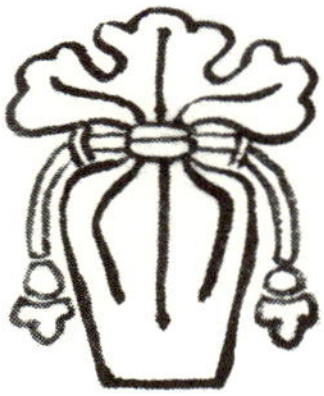

瓶子

「瓶子《へいし》が倒れた。瓶子が倒れた」
と酒瓶を転がして興じていたところを平氏打倒の陰謀を練っていたと密告される。そこには法皇も御幸されていた。

法皇の目が私にまといつくようになったのは何時《いつ》からか。入内した時からか、いや、建春門院が亡くなられてから。光源氏が藤壺の姪、紫上や女三宮に抱いたゆかりのようなもの。

はじめ頼りにされていた帝に、私を煙たいとみるお気持が芽生えた。生まれるとすぐに乳母に渡され、子どもらしい楽しみも持たず、帝になると今度は公卿たちのおもちゃ。群臣百官を前にして袍衣宝冠に耐えている帝を愛したのは、私だけではない。帝の皇女を孕んだ乳母を前に、帝の夜がせめて心安らぐものであってほしいと思った私。

妹の夫と小督《こごう》を張り合い、頬の肉が落ちるほど痩せてしまった帝に嫉妬より憐憫が先立つ。小督の産んだ皇女は母が引き取る。小督が男皇子を産んでいたら、と父母は肝を冷やした。小督ばかりではない。帝は私の女房を内侍《ないし》として手元に引き取った。

入内して七年、周りに皇女が生まれているのに子のできない私に父母は焦りはじめた。そんな折、西八条の館に宿下がりした夜、私の寝所にそっと入ってくる者がいた。身を固くした私を抱いたのは、兄宗盛。恐る恐る私の身体に触れ、私のなかに子種をと務める。中宮になった私に、何としてでも子を産ませたい平家の悲願。

治承二年（一一七六）、私は懐妊した。父母の喜びは大変なもので、母が日吉社に百日祈ったけれど兆しはなく、父が厳島神社に祈願した結果と言われた。

私の出産の折に行なわれた後白河法皇の祈禱は、鹿ヶ谷事件のあと、父との結束を考えたからか。御簾近くで、今様で鍛えた艶《つや》やかなお声。

産屋は、白木の御簾に替えられて畳も絹も白一色。寺という寺から集められた名僧が声を張りあげる。力ある陰陽師が祝詞《のりと》を唱える。その間、恩赦を指図する関白はじめ公卿たちの大きな声。外では、「よりまし」の口をかり、悪霊たちが喚《わめ》きたてる。女房たちが、狭い場所で声を出して祈る。更に邪気を払うため響かせる弓弦《ゆみづる》のすざましい喧噪。

法皇は出産の日にも訪れ、今度は、もっと真剣に読経するようにと僧侶たちを叱りつけた。私に取り憑いていた怨霊は、鹿ヶ谷事件で非業の最期を遂げた院近臣であったというから、皇子を無事出産できたのは法皇のおかげか。

月

皇子の誕生に号泣した父と母。生後一ヶ月の赤子は、親王宣旨を受け、続いて東宮に立てられた。皇子誕生に喜んだ翌年は、悲しい年。

六月、摂関家に嫁いだ妹盛子が亡くなり、その所領を、法皇が王家管理下に置いた。七月には、僧籍に入った父に代わり一門の棟梁となっていた兄重盛が亡くなる。嫡男維盛の継ぐべき知行国を、法皇は取り上げ寵臣に与えた。

怒った父は、数千騎の軍勢を率いて福原から上京し、関白はじめ、院近臣三十九名の任を解く。後白河法皇の院政は停止された。

「天下を恨み一族を引き連れ鎮西に下る」

と父に脅され、高倉天皇は一連の措置に除目《じもく》を開催なさる。

帝は三歳の東宮に譲位され、遂に平家の安徳天皇が誕生。天皇即位儀式準備中、源義朝の弟、八条院蔵人源行家が、以仁王《もちひとおう》の令旨を奉じて挙兵を呼びかけていた。園城寺に入った以仁王と源頼政は、そのまま六波羅を夜討する勢いだったが、何故か南都へ向かう。途中、頼政は討死にし、以仁王は流れ矢にあたって亡くなる。

唐突に福原遷都が行なわれたのは、以仁王の最期から七日後。世の人々は何故の遷都かと騒ぎ、寺社反乱に備えてと言われたが、違う。飛鳥京は蘇我の、平安京は藤原の、そして福原は平家新王朝樹立の表明。

新しく造られた邸は精美を極めていたが、狭い福原。

「もとの都にさえ居れば、こんなに不自由はしないものを」

と不満は募る。かつて牛車に乗っていた人が馬に乗り、直衣《のうし》姿は直垂《ひたたれ》姿となる。

都といっても京に比べれば、片田舎。

あさましかりける夏も過ぎ、秋にも已になりにけり。

月を愛でる遊びは多くの宴のなかでも、とりわけの楽しみ。福原での月見は風情に欠ける。

「光君の流された跡を偲ぼう」

と須磨明石の浦づたいを歩いてみても、海に映る月影は物寂しく、私も京に戻りたかった。

建春門院が京を離れたことに激怒されたという高倉上皇の夢を一笑に付した父だった。けれど、私の夢枕にも悲しそうな建春門院が立たれ、冬には京への帰還が叶う。

京に戻ると、衰弱した高倉上皇と共に、後白河法皇が院御所《いんのごしょ》池殿《いけどの》に移る。高倉上皇の心痛は大変なもの。法皇と清盛の確執をなんとかしたいと思っても険悪に

州浜文

なるばかり。

上皇の病は重くなってゆくなか、母が私に

「聞き入れていただかなくてはならないことがございます」

と、神妙な顔で話し始めた。

「平家一門繁栄のために、どうぞ、法皇さまのお側に」

「なんのお話でしょうか」

母の言葉が理解できない。

「あなたも幼い頃から、建春門院御所で法皇さまに懐いておられたではありませんか」

「そんな昔のことを」

と声にして、幼かった日々が鮮やかに甦る。

「あなたにとっても悪いお話ではありません」

後白河院政再開後を考えた父母から、院後宮入りを求められていることに、ようやく気づく。

平家繁栄を考える父母の言いなりに生き、安徳天皇が生まれる。しかし、それもこれまで。

「法皇さまのところへは参りません」

はじめて父母の意向を拒否する。

高倉上皇は、王家と平家の和に努力されて、多くの不如意に耐えられた。お見舞い申しあげた私にも、法皇のもとで母建春門院のように平家と王家を助けるように懇願される。

高倉上皇は二十一年の生涯を閉じ、上皇菩提を弔うため出家したいという私に、母は
「平家の命運が懸かっている時なのです」

と激怒した。

上皇崩御の二ヶ月後、父は
「熱い熱い」
とただ繰り返して亡くなった。世間は、大仏を焼いた男の末路と怖れた。平家存亡の時に、清盛を失ない闇夜の灯を消されたような一門の有様。

帝は、まだ四歳。孫が皇子を産むのを見届けて浄土へ向かった『源氏物語』明石入道とは違い、父は供養に頼朝の首を供えろと言い渡して地獄へ向かった。父の無念は兄宗盛を呪縛した。源平和平の提案が示されたとき孝行息子が拒否したのは、父の遺言故《ゆえ》。

寿永二年（一一八三）初秋、木曽から兵を進めてきた源義仲が比叡山門と結んで、都は騒然とした。私は帝と共に池殿に遷った。六年前ここで出産してから、兄重盛、高倉上皇、父清盛も亡くなり、変わり果てた世の有様。けれど、私には幼子と共寝できる仕合わせがあった。

宗盛率いる一門は、屋根を連ねた壮麗な六波羅に火を付け、神鏡、神璽《しんじ》、宝剣を携え、福原へ落ちてゆく。その前夜、「平家と共に西国に赴く」と言っておられた法皇は、御所を密かに抜け出し、比叡山へ登る。鹿ヶ谷密会前には、比叡山を攻め、座主の首を刎ねよと息巻いていた法皇が、土壇場になって義仲に保護を求めたばかりではない。平家追討の院宣《いんぜん》まで与えた。

義仲が伊予守となり、源氏は官軍、平家は賊軍となった。私の女房であった内

鎧蝶菱

侍と高倉天皇の間に生まれた四宮を後鳥羽天皇とした法皇は、混乱の責任すべてを平家に負わせた。

神代の神話と三種の神器、それなしでの皇位継承などありえないと考えた平家一門。その思いこみを嘲笑うように天皇が交代した。

従順な宗盛や勇猛な知盛を使い、ひたすら難局打開に努力する母が疎ましい。都から落ち延びて行く先々で、母は言う。

「法皇さまにお手紙を書いてください」

「私の文など何の役にも立ちません」

「法皇さまは平家一門をお見捨てになりました。けれど、あなたにはご執心」

言葉を探す私に母は畳みかける。

「一門の存亡があなたに」

「法皇さまは文字など、心にとめられません。法皇さまを動かすのは人の声」

喉が腫れても、謡わずに居れなかった法皇。声に触れて流れてゆく法皇の気持。

それは、権力を求める者たちの思惑を大きくはずす。

比叡山に登った法皇は、只一人、弟子と認めた今様の名手と道を究めたかっただけ。政治的英断などではなく、寵臣との道行。ただ謡いため、生き延びる道をかぎつけた法皇。

法皇は平家と源氏を殺し合わせて平然としている、それどころか楽しんでおられたよう。平家と源氏を戦わせたばかりではない。義仲軍に飢餓と戦乱で荒れた京を治安する力がないとみると、義仲を平家追討のため西国へやり、留守に頼朝に東国の支配権を認めた。

激怒した義仲は、上洛し法住寺御所を攻める。朝廷の実権を握った義仲の次第は直ちに鎌倉に伝えられ、頼朝は追討軍を送り、東西を敵とした義仲は近江で討ち死にしてしまう。

落ち延びていった福原では、荒涼とした現前の光景が華やかな昔日と重なり、あらぬ世界に迷い込むようだった。旧都の無惨な姿から目を上げると、見たこともない渡り鳥の大群が陣形を整えて横切ってゆく。

暮れには平家に味方する者たちが集まり、福原の陣も揃った。けれど平家は、

和議を整えるという法皇の言葉を真に受けて敗れる。義経の奇襲に、壇ノ浦へと追いつめられてゆく。

雲井のよそに顧みて、故郷を焼野の原とうちながめ、古へは名をのみ聞きし、須磨より明石の浦伝ひ、さすがあはれに覚えて、昼は漫々たる浪路を分けて袖を濡し、夜は洲崎の千鳥とともに泣き明かす。

何不自由ない生活から飲み水にも事欠く逃避行となり、私は明石の地ではじめて飢えを知った。

文治元年（一一八五）三月二十四日、母は尼の纏う鈍《にび》色二衣を被り喪服に正装して、帝を抱き上げた。老いた母のどこに、そのような力が潜んでいたのか。

昔より女は殺さぬ習ひなれば、いかにしてながらへて、主上《しゅしょう》の後世をも弔ひまいらせ、我らが後生をも助け給へとかきくどき申し候ひしが、夢の心地し

て、覚え候ひし程に、風にわかに吹き、浮雲厚くたなびき、兵心をまどわし、
天運尽きて、人の力に及び難し。

母は、

「女は戦では殺されません。なんとしても生き延びて、帝の菩提と平家一門の成仏を祈ってください」

と私に言い渡す。

「殺されず子を産む財として兵に分け与えられる女」、そんな世にひたすら生きて一門の回向を、など酷いと思う夢心地のなか、風が吹き、雲が棚引き、兵たちも乱れて、もはや人には如何ともしがたい。

母は鋭い一瞥を私に投げ、安徳天皇と一つになって海に消える。母から子を奪い返し沈みたい、いや生きたいと私は切望した。けれど体が動かない。

何故、母は天皇を道連れにしたのか。敗者の女たちの惨状は明らか。けれど、帝は違う。三種の神器と共に都に復帰する道もあったはず。以仁王の御子のように出家の道も残っている。

母は天皇と宝剣を、夫の許に届けるつもりだったのか。そうか、父母の思惑が産んだ安徳天皇は、母の手で葬られなければならなかったのか。

蝶

国母と崇敬された私が尼となって洛中近い吉田村に住み、好奇な眼差しを集めた。五月には、長楽寺の印誓《いんぜい》上人を戒師に出家した。七月、海上の戦を目の当たりにした私が、天の仕掛けた地上の戦かと思わす地震に襲われ、吉田の庵は崩壊してしまう。

九月末、常盤《ときわ》御前の産んだ妹の計らいで私は比叡の麓、大原に移った。源氏の間者と陰口を叩かれて生きた妹は、降りかかる難儀はさらりと受けて人に思いを馳せる。

六十人あまりの女房から解き放されて僅か三人の尼と共に暮らす私の姿に、訪ねてきた右京大夫は、

あふぎみしむかしの雲の上の月かかる深山の影ぞかなしき

「このような建礼門院を見るのが悲しい」と詠った。右京大夫は歌人藤原俊成を後見に私の女房となり、まわりの公達から「むかしは紫式部、いま才媛は右京大夫」と騒がれた人。

あふぎみられることも、雲の上に住むことも、私の選んだ道ではない。けれど、深山に住みたいと思ったのは私。宮廷生活が愉しくなかったわけではない。

清涼・紫宸の床の上、玉の簾の内にもてなされ、春は、南殿の桜に心を留めて、日を暮らし、九夏三伏の熱き日は、泉を掬《むす》びて心を慰め、秋は、雲の上の月を、独り見む事を許されず、玄冬素雪《けんとうそせつ》の寒き夜は、妻を重ねて暖かにす。

御簾のなかで大切にされ、春は桜、夏は泉水、秋は月、冬は暖かな衣を身にしていた私に、思いがけない深山暮らしだった。けれど、これまでにない喜びを感じた。

私の心とは別な思いに囲まれ、何をするにも面倒なうえ、自分だけではどうにもならない懐妊を期待される毎日。生まれた子への思いや乳は溢れるのに、抱くこともままならぬ生活。その子を海で死なせた私が、ようやく手に入れた同じ思いの三人と生きる仕合わせ。

右京大夫は、大原に住む私がさして苦悩しているふうでないと驚く。私に、ひたすら歎くことを求める世間。戦場の修羅は、私を変えた。戦のなかでさえ輿に囲まれていた私には、思い及ばなかったこの世の地獄。どれだけの死者を見たことか。頭から血を流し悶える兵。もはや動かなくなって海に浮く夥《おびただ》しい男たち。

自ら歩くことのなかった私は、手向けの花摘みで息が上がり目の前が暗くなった。けれど、続けるうちに日一日と楽になり、私の中で何かが生長しているように感じた。

大原に移り住んで秋も深まってきたある夕刻、差し込んでくる日の光に辺りが朱く染まった。思わず外に出てみると、風の走る音に合わせて木々の梢が浪のように揺れていた。

頭上は青い空なのに、西方は雲が緋色に流れて、血染めの壇ノ浦を思わせた。息を呑んで見入っていると、目の前で空が黒ずんでゆく。闇が忍び寄り、雲の切れ目から細い刃物のような月が出てくる。その時、私のなかにあった糸が切れた。子への思い、母への反発、平家一門への疑念、戦死者への自責。それなしでは生きられない私の業、そう思い定めて生きていた呪縛が解けて、目の前が急に晴れやかになった。

私は明日の夕焼けを見るため、ただそれだけのために生きていたいと思った。極楽は何処《どこ》かにあるのではなく、ここにある、私の足下と頭上に。

「みるべきものはみた」から、ただ生きようと思った。菩提を弔うなど、どうでもよく、いや、私が生きていること、それが供養であり祈りであるような、そんな気持になった。

源氏の白旗が林立し矢が飛んでくる、矢ばかりではなく、敵が切り込んでくる、首がとび、血が噴きだす。弟知盛が泣き叫ぶ女房たちに見苦しいものは海に捨てるよう促し、舟を清め、

「これから見たこともない東国の男たちに会えるでしょう」

と悪い冗談を言い、鎧を錘《おもり》に

「見るべきものは見た」

と海へ飛び込んだのは半年前。

山鳩色の御衣に化粧した帝が母と波間に消えると、女房たちが次々と海に飛び込む。錦は、その時を待っていたかのように、人を飾ることを止めて浪に揺れ、染織本来の美を水と空の間に彫り込んでいた。水に沈んだ女たちの体を離れた衣裳が、そこに魂が乗り移ったかのように、ふわりと動き、流れてきた男たちの血汐と交わる。

女たちの衣裳より美しかった平家公達の武具物具。女院や姫宮の目を集めようとした鎧や兜。黄金造りの太刀や華美に飾った弓矢。

女人の目を眩惑してこそ、殿上人。女たちの視線を意識して、ひたすら清らに造られた武具と衣裳が、そのまま死装束となり、工芸の粋をつくした華麗きわまる鎧兜が、入水の錘となった。

平家の船を飾っていた横幕が水に揺れる様が海を飛ぶ蝶にみえたのか、そのとき、私は、波間にゆらりと飛ぶ揚羽蝶を見た。

> 生き残りたる者どもの、喚き叫びし有様は、叫喚・阿鼻叫喚・無間阿鼻、焔の底の罪人も、これには過ぎじとこそ、覚え候ひしか。

生き残った者たちには阿鼻叫喚地獄が待っていた。

生きながらえた私に耳を覆うばかりの噂が拡がる。平家一門が力を持っていた間は、口にできなかった秘密を世間が暴く、いいえ、被害者と言いたいのではない。子を死なせたのは私。私が死なれたことを歎くなど笑止千万。

『平家物語』は、私が身ごもり天皇の母となり、帝をはじめ多くの者を西海の

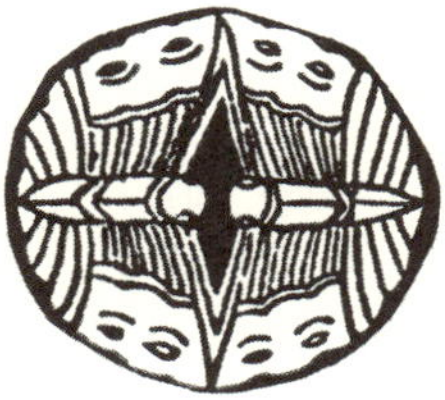

波間に沈める物語。それは、「灌頂《かんじょう》の巻」で後白河法皇に対面して終わるよう組まれていた。

厳しかった冬が過ぎ、雪も消え、夏の兆しが見えてきたその日、私は仏に供える花を求めて山に入っていた。辛いと言えば辛い修行の始まりも、木の下闇で私を待っていたかのような花に会えた日は、仏の慈悲に触れた喜びがある。

その日、目の前を蝶が戯れていた。向蝶《むかいちょう》は平家の家紋、何かしら人に待たれる心地して山を下りると、法皇が見上げていた。なにゆえの来訪か、院の御幸に人々は驚いたけれど、私には分かった。露の纏い付く裾に向けられた視線には立ちすくんでしまったが。

人の一生とは、とりわけ、女の一生は衣裳の変化と共に新しい自分に出会う。尼衣を身に纏う私には、浮舟の残した歌が身に沁みる。

尼衣変はれる身にやありし世のかたみに袖をかけて偲ばむ

唐衣が似合うと言われても、『梁塵秘抄《りょうじんひしょう》』の唄こそ、私の心。

忍辱《にんにく》衣を身に着れば　戒香涼しく身に匂ひ
弘誓《ぐぜい》やうらくかけつれば　五智の光ぞ輝ける

忍辱の衣を身に、誓いを首に飾って、ようやく涼やかに生きてゆけた私。子どもの頃から身につけていた見事な錦、入内の折の絢爛豪華な唐衣から出産の折の白衣、尼衣まで衣裳の変わるたび、後白河法皇は、私に只ならぬ関心を寄せる。入内の行列を見るため熊野から引き返した法皇が、私の傍らで読経して見たのは産衣姿。

法皇が大原を訪ねたのは綺羅を纏っていた女の襤褸《ぼろ》衣を見たかったから。それは、法皇の残忍な性格。人間に対する尽きせぬ興味、心の奥を見極めようとする飽くなき探求心、そして、この知りたいという心こそ、法皇の愛。

美しい女が美しい衣裳に身を包む、それはそれだけのこと。美しいものを愛でながら、その底で憎んでいた法皇。宮中の女房たち、いや、皇女の視線さえ集めた平家公達。追討を命じたのは、もはや法皇のうちにない春を謳歌している若武者に対する妬みだったのかもしれない。

快楽を極限まで味わおうとされた法皇は、それが苦しみを背景としてしか輝かないと知っておられた。大人の抜き差しならない毎日を経て初めて知る幼かった日々の法悦。建春門院が皇子と私を遊ばせているとき、私を抱き取って膝に載せた法皇。

遊びをせんとや生まれけむ
戯れせんとや生まれけむ
遊ぶ子どもの声聞けば
我身さへこそ動《ゆる》がるれ

あの前後を忘れたというより、未来も過去もなかった無我夢中。生きるとは、そのような時を重ねること。それが何であれ、遊びと見定めて生き切る。法皇もまた、大きく変わる世の中で、ただもう一日、長く生きていたかった。法皇は今様のために。いや、女人であろうと、政の駆け引きであろうと、目の前の今を全力で楽しもうとする法皇。

武家は兵力で迫ってくる。そこで自分の意志を貫くなら、待っているのは死。生きて歌いたい。そのために何を選んだらよいか、朝に発した命令が夕に変えられる。それは、法皇の気まぐれというより、公家から武家、平家から源氏へと、時代がそんなにも早く代わっていったということ。

加害者と被害者とが似ているように、法皇と私は相似形。欲がないから、人を翻弄してしまう。自分だけ、のうのうと生きている。それは、私たちのせいでない。法皇を天皇にし、私を国母としたのは何か。私たちは流されていただけ、流されるうちに泳ぎを覚えてしまった。おずおずと、やがて大胆に。

文にも武にも秀でず、信西に「和漢に比類無き暗主」と痛罵された法皇が、激動期を生き切る帝王に変わった。政治的策略に富み、弟たちを皆殺しにした頼朝が法皇を「日本一之大天狗」と呼んだ。法皇にあったのは、場当たり的反応、妥協と懐柔、戦略的退却と素早い便乗、無慈悲な裏切り。それが天狗の曲芸に見えたのか。

大原を訪れた法皇の目には、好奇の色が露わだった。けれど、それこそ、天上から地獄までを見た女に注がれるにふさわしい眼差し。安易な同情や憐憫ほど人を傷つけるものはない。

「万物の流転」「栄枯のさまざま」について説かれる法皇。成程、法皇は仏典、経文にお詳しい。けれど、どれほど知識があろうと、それは知識。蝶を息づかせるものであっても、蝶そのものではない。遠くで見れば優しい蝶も、手に取れば禍々《まがまが》しい。

大原の暮らしを案じて尋ねる法皇に、

「住み慣れたせいでしょうか。昨日の悲運によって今日の機縁に恵まれたと思えるようになりました」

雲上の月から人間の四苦八苦、地獄までが私の前をすぎていった。衆生がこの世でなした行為に応じて死後に赴くといわれる六つの世界、地獄、餓鬼、畜生、

修羅、人間、天上の六道を生きながら輪廻《りんね》したさまについて法皇に語った。

貢物もなかりしかば、供御《ぐご》を備ふる人もなし。たまたま供御は備へんとすれども、水なければ参らず。大海に浮ぶといへども、潮なれば飲む事なし

山海の珍味三昧を嗜んだ毎日から、水もない餓鬼道を生きることになった。

直衣束帯をひき替へて、鐵《くろがね》をのべて身に纏ひ、明けても暮れても、軍よばひの声絶えざりし事、修羅の闘諍《とうじょう》、帝釈の争《あらそ》ひも、かくやとこそ覚え候ひしか。

清盛に命じられ、宮廷衣裳を見事に着こなすようになった平家公達が、直衣を鎧兜に替えて戦いに明け暮れる修羅は、帝釈天の争いさえ凌ぐよう。

二位の尼、やがていだき奉りて……、海に沈みし御面影、目も眩《く》れ、心も消えはてて、忘れんとすれども忘られず。忍ばんとすれども忍ばれず。

海に沈んだ愛児の面影は忘れようとしても忘れられない。

宮廷での栄華は天上界、流浪の果ての愛別離苦は人間界。船上の暮らしは餓鬼道。戦いは修羅道。一ノ谷以来の合戦は、叫喚地獄と語る声にじっと耳を傾けた法皇は、身を乗り出して
「畜生道には堕ちなかったのか」

とお尋ねになる。

「女の身は、運命に翻弄されてしまうもの、兄宗盛や敵将義経との間に聞きにくい噂を立てられ、畜生道を経る思いでした」

と答えた声に、法皇は頷く。私の不如意すべてを受容されるような眼差しで。

その深い目を見つめて、私は尋ねずにはおれなかった。

「法皇さまこそ、何を御覧になられたのでしょう」

まっすぐに目を合わせた私に、一瞬たじろいで、

「私は何も見ていない。見たいと目を凝らすのに見えてこない。私が見たかったすべてを徳子は目の当たりにした」

法皇と同宿したかどうか、とやかく言う者は、言うにまかせておくしかない。それぞれの来し方に思い巡らし、想像を逞しくするのだから。

すべてを救おうと誓願された御仏の名を唱え、浄土へ向かうよう教える法然上人。今様を謡い、この世を浄土にしようとされた法皇。法皇は、白拍子から教わり、詞を覚えて謡っただけではない。それを書き取り、歌書のように残した。和歌は、書き留めさえすれば末の世まで朽ちることはない。今を映す声わざを、どのように後世へ伝えるかに、法皇は精魂を傾けられた。法皇が私のために持参された『梁塵秘抄』を謡ってみると、私の座が、そのまま浄土になってしまう。

龍女は仏に成りにけり　などか我らもならざらん
五障の雲こそ厚くとも　如来月輪《がつりん》隠されじ

この今様に、女人すべての願いが込められている、女には五つの障りがあると言い立てる世間と違って、仏陀の生きた時代を輪廻転生なしに仏になったのは龍

女ひとり。

法皇は、私を御所へ伴いたいのに頼朝が止めると歎いておられた。頼朝の隆盛に平家一門を滅ぼしたことを悔いている法皇。私は、ただ、実る日のない恋の火が燻り、見残した夢のひとときを持った想い出こそ嬉しく、いまさら法皇と共に、など思い及ばない。安徳天皇を身籠もったあと、兄は二度と訪れなかったけれど、夢に抱かれて懊悩の汗を潤すおり、現れる人は、法皇に似た人。

囚われの身となって見る夢は、戦場に見た血まみれの知盛と母に抱かれた我子。大原に入ると、厳しい自然に洗われたのか、夢から戦乱の血汐が消えていった。それからは、兎になって追われる夢が現れてきた。そのうち、逃げながら恐怖の奥で狼を見返している自分に気づく。追うものと追われるものとは一つの表裏。

ある日、飛んでいる夢を見た。私は蝶になっていた。私が蝶の夢を見ていたのか、蝶が私の夢をみたのか。夢と現は、文様の図と地のように反転して世界の成り立ちを示している。向蝶を家紋とし西海に沈んだ平家は、この世が夢であることを証すために顕れたようなもの。

花

法皇は、美しいものを美しい、楽しいことを楽しいと感じ、そして怖ろしいものを覗いてみたいと思うお方。

法皇が夢中になったのは、今様だけでない。女、子どもの遊びだった絵巻が、生活を活写するものへと代わったのも法皇の力。法皇は女院方と、絵師たちに絵巻を作らせ、蓮華王院の宝蔵に納めた。白河法皇が柿本人麻呂絵を秘蔵していたのに対し、自身で作らせた絵を自慢しておられた後白河法皇。

私は法皇の御物を見せていただく機会に恵まれた。嫋々《じょうじょう》たる恋の世界が描かれた『源氏物語絵巻』を前に、

「ごらん。母君のために白河法皇が作らせた絵巻を」

感嘆する私に、

「絵の好きな母君も筆を手にしておられた」

と複雑な表情をされる。

光源氏が薫を抱く絵巻のふたりが、鳥羽院と崇徳院に見えてくる。法皇は、保元の乱で隠岐へ送った兄崇徳院を白河院の御子とお思いだったのか。

それから、法皇は、『信貴山《しぎさん》縁起絵巻』に手をのばし、

「こちらはワクワクする絵。厚塗りは心が絵の奥に澱んでゆくけれど、この線は生き生きと人を動かす」

「人の心から世の事へ、宮の静かな時間から鄙の動く空間へ、大きく変わる絵の姿」

信貴山で験を修めた命蓮《みょうれん》が天皇の病を治す本筋より、宝輪を転がす護法童子に目を奪われた私。童子が、父清盛の作らせた瀟洒な小車を回して走ってくる我子のようにみえる。

「幼かった安徳天皇が、絵の中に」

と漏らした私に、法皇は『彦火々出見尊《ひこほほでみのみこと》絵巻』を開いて、

「これは、徳子の愛し子の供養に作らせたもの。式子も描いている」

「内親王さまが、ヤマサチヒコが龍宮へ向かい、海神の娘と結ばれる絵巻を」

「そう、式子は歌ばかりか、絵も書もうまい」

と嬉しそうに、おっしゃる。法皇五十賀のおり、内親王と宗盛の交わした笑みが一瞬、脳裡を過ぎる。

男女の恋愛や神仏の奇瑞《きずい》とは違う、楽しげな龍宮城に思わず頬が弛み、

「見入っていると、哀しみが潮の匂いのなかに安らってゆくようです」

安徳天皇は宝剣を取り戻すため、龍宮からこの世に現れたという風説を流されたのは、法皇だったのか。八歳で没したのは八岐大蛇の八を暗示しているなどと、人々は噺した。

六道を描いた『餓鬼草紙』『地獄草紙』。美は力。けれど飢えのまえでは意味を失う。しかし飢えのまえに初めて顕れる美、美が極まって醜になったとでも言いたい『六道絵』は、法皇の独壇場。

今様や絵巻を集め残した法皇は、女子どもの世界をこよなく愛した。一方、女が戦ぎらいとは限らない。競馬で走る男たちを見るより、天下を分けた大勝負を見る方が面白い。

後白河法皇を動かしたのは、まず生母、待賢門院の血。法皇の今様への傾倒も、絵巻作りも母君譲り。

次に、低い出自でありながら、我子を天皇とした美福門院。その近衛天皇に、自ら選んで入内させた呈子《ていし》中宮。美しい女人をどのように集めるか、それが呈子中宮を愛息近衛天皇におくる美福門院の思案したこと。

近衛天皇崩御後、九条院となられた呈子中宮は、美福門院の集めた見所のある女たちを更に鍛えた。九条院の覚え目出度き美女常磐は、都中から千人の童女を募り、百人を選び、更に十人の美少女に絞ったなかでも群を抜いていると言われた人。

「中宮御所に美女あり」

と世の関心を集めた常磐。

男たちが身分を超えて勝負しはじめたとき、女たちも己の力を試しだした。九条院の思い通り、源氏の嫡男義朝は常磐のため女院にいっそうの忠誠を誓った。保元の乱で源氏の嫡男である義朝が崇徳上皇への忠義を捨て、父に背いて後白河天皇側に付いたのは、常磐との別れを覚悟しない限り内裏に弓を引くことができなかった故。
九条院と常磐の仲は主従を超えていた。母の命乞いのため清盛のもとに出頭するさい、お別れに行った常磐に
「最後の出で立ちは自らせん」
と申し出、常磐と男児の身なりを立派に整え、御車まで貸し与えた。女院から預かった母子を、父は切るわけにゆかない。

法皇の姉、美貌と和歌音曲の才を謳われた上西門院。頼朝の母は上西門院に仕え、頼朝自身も女院の蔵人。父が頼朝助命を拒めなかったのは、「死んだ我子に似ている」
という池禅尼の仏心のせいばかりではあるまい。

更に力を持ったのは、鳥羽法皇と美福門院の広大な所領を贈られた後白河法皇の妹君八条院。鳥羽院政を支えた有能な近臣たちが仕えていた八条院は、官僚貴族や武士を組み込んだ最大の領主集団に君臨していた。

宝舟

集まってくる人それぞれに力を発揮させた八条院にお仕えする女房たちは、公家の姫君。姫育ちの女房は皆、八条院の御身内ばかりで、いつも遊びに出ていて不在。世間の目などお構いなし。色鮮やかな唐衣や長い裳裾の表着、懸帯など、一面に投げだされ、唐匣《からばこ》の蓋も開けたままのお部屋もあったとか。

御所が足の踏み場もないほど散らかっていても気にされなかった八条院は、少な少なに働いて、それぞれが楽しむ、そんな花園を望んでいらして、気を利かせて主人に取り入る女房など、お気に召さないふうという。

八条院御自身は着替えが面倒だったのか、夜でも昼でも、人が来たらすぐに会えるような衣裳ですごし、めぼしい宝は二条天皇や後白河法皇に差し上げてしまう。財産や地位を手に入れる苦労も手放す悲哀とも無縁だった八条院。近衛天皇崩御後と安徳天皇が都を離れたおり二度、八条院を帝にという声が上がったが、女院は表には出ない。

今様や絵巻を楽しんでいた待賢門院御所と違って、八条院や上西門院御所の遊びは政と一つ。父が後白河法皇を幽閉しても事は進み、平家打倒が遊興に事寄せてというより、それこそが何よりの遊びだった。

五つ剣紋

八条院が目にした武士姿は、光源氏の形ばかりの武官姿とは違う。葵上と六条御息所の車争いが起こった時代ではない。古代甲冑の持つ機能を取り込んで荒々しくなったのに、なお雅な装い。

上は肩当腰当で補強し、下の袴は短く細く仕立てた武者姿。公家衣裳の美は、裂地の豪華さ、染め織りの見事さに限られるが、武家衣裳は、精巧な金物細工や漆工芸を集めて人目を奪う。

自身こそ王家の本流と考えた八条院は、自らを持統天皇、以仁王《もちひとおう》を天武、天智に高倉を配し、大友を安徳として、

「王位を推し取る輩を討て」

と命じる。けれど、以仁王にヤマトタケルを演じさせてしまう。八条院の身替わりとして、以仁王は藤色のお袖の上に鎧と太刀をつけて、初めての武装姿で亡くなった。蒔絵、螺鈿を鏤《ちりば》めた鞍に跨った以仁王の色づかいは、女装束そのまま。

女院は並び立つ武門、平家と源氏が、いたくお気に召していた。侍らせているだけでは物足りない、戦わせてみたくなる。武器は、使って初めて本当の美しさ

が分かる怖いもの。

頼朝を関東武士の本拠地、伊豆に流したのは、源氏の結束を促すようなもの。しかし、父が負けたのは頼朝ではなく、法皇の御姉妹。法皇を政から遠ざけた父も、女院方の所領を没収してしまうわけにはゆかない。八条院の地所への用務と言えば、行き来を止めるわけにもゆかない。

女院方は、政を正そうとした信西と違う。もはや、整理された文言や数字で扱える国ではなくなっていた。八条院は、文書など目もふれない。昇る朝日の躍動と暮れる夕日の凋落、日の廻りのような時の潮目を見ていた。

鎧兜で馬に乗り、大音声で名乗りを上げて組み合う。馬から落ちれば、首を討たれる。それは、公家の裏工作とは違う表舞台。義経の戦略は、その天晴《あっぱ》れな競い合いを無視するもの。

武士が一所懸命に闘うのは、闘いの物語と共に子孫に土地を残すため。武具装束に見合う武門の心栄を見せてこそ武士。名を惜しんでこその弓矢取り。弦鳴り、

空中で交錯する鏑矢《かぶらや》の迫力、物具の鳴る音、騎馬武者のひしめく白旗赤旗の戦陣。それは、歌舞より華麗な見せ物。与一の弓に感極まって舞い始めた者を射殺した義経は、卑怯にも船頭や舵取りを殺している。

頼朝は、平家と源氏を武門の両雄にという女院の意を汲んで、平家討伐ではなく三種の神器奪回を義経に求めていた。加えて、

「壇ノ浦の軍敗れて後、女院の御船に参り合ふ条、狼藉たり」

と義経が私の御座船へ乗り込んだ所行に怒った。

平家一門を滅ぼした頼朝は、なかなか京へ上ってこない。ようやく入洛してきた頼朝と三十年ぶりの再会を果たした法皇が、蓮華王院の宝蔵から絵巻を取り出すと、

「法皇さま秘蔵の御物を私などが目にしてよいものでしょうか」

と断ったのは、見てしまえば関東で身につけた武士の魂など、たちまち手放す自分を知っていたから。

平家一門の拠点であった六波羅に源氏の武士が詰めて、鎌倉からの司令を待つ。

それは、父清盛が福原から六波羅に命を下したのと同じ遣《や》り方。朝廷、公家から離れた場所が肝要と父に学んだ頼朝の世も永く続かない。力は頼朝の妻政子の家に移った。

父は富を蓄えた。けれど、兵を動かすのは金銀財宝ではない。人を生かすのは食物、それを育む大地、そこで生きる女たち。広大な土地を所有していた女院方の力は、政治の表舞台に登場しないけれど、伏流のように浸透し、世を変えた。男は、他の男が所有する女を愛する。あるときは男同士の結束のため、あるときは位取りのため。後白河法皇は子の妃である私に只ならぬ関心を示し、高倉天皇は妹の夫が通う小督を取り上げた。父は、男たちが競った常盤が欲しかった。女は今を生きているだけではない。身の奥に時を貯め込んで過去と未来を生きている。女は敵味方の隔てなく子を産む。

女院方は、女が男に捧げられながら、他の男たちを刺激しつづけるという矛盾を解消、いや、活用していた。女の持つ受容力を秘めたまま男たちと共に考えた女院方は、不思議な円の中心。美福門院の力で天皇となり、美福門院亡き後は建

春門院、建春門院亡き後は、八条院を頼りにされた後白河法皇。

八条院のおおらかな翼のもとに庇護されたのは、以仁王ばかりではない。式子内親王も、八条院のもとに身を寄せていた。同母弟以仁王が平家打倒の旗印となったのは、その折のこと。

河舟のうきて過ぎ行く波の上にあづまの事ぞ知られ馴れぬる

「流れのままに浮く河舟のような過ぎ来しのなかで、いつしか慣れしたしんだ東琴」。東から出てきて雅夫に翻弄された浮舟。雪崩れ込んできた東男《あずまお》の勢いに巻き込まれた内親王。東琴が耳慣れてゆく身に、王家の者だけに許された「琴の琴」の調べが終わる時代を感じておられた内親王。

建久三年（一一九二）、後白河法皇が亡くなられた。謀略を平気で行なう法皇は、心に止めた人に細やかな配慮を惜しまず、皇女たちの暮らしに心配りをされた。後白河法皇が式子内親王に遺された木立の茂った広い大炊御門殿《おおいのみかどどの》。そこは、後鳥羽天皇が里内裏《さとだいり》とされていた所。

桜花の咲き誇る薄曇り、立ちこめた春霞のなか、後鳥羽天皇が行幸して蹴鞠を楽しまれた。御簾のなかから若い天皇の姿を内親王は、どのようなお気持で御覧になったのか。なにやら、『源氏物語』めいてくるが、このとき、天皇は十八歳、内親王は四十九歳。この日、天皇の心に何かが取り憑かれたのではないか。

翌年、後鳥羽天皇は、土御門《つちみかど》天皇に譲位され、歌の道に励まれる。蹴鞠や競馬に興じておられた後鳥羽上皇が、勅撰集編纂に心を傾け、最初に始めた「正治初度百首」。作者のなかに式子内親王が迎えられた。

内親王の師であった藤原俊成は「源氏見ざる歌詠みは遺恨のこと」と『源氏物語』は歌人に必読と言い、その子定家は増え続けるさまざまな『源氏物語』に定本を決めた人。その定家は内親王にお仕えしていた。

女三宮と柏木の「煙くらべ」をいっそう深いお歌にされた内親王。

玉、

恋ひ恋ひてそなたに靡《なび》く煙あらば云ひし契の果とながめよ

内親王のお歌を心のなかで転がすと、柏木が内親王と重なり、この甘美な苦しみを味わうことこそ、人をこの世に送り出したものの意図のように思えてくる。

玉の緒よ絶えなば絶えね永らへば忍ぶることの弱りもぞする

恋に喘ぐ命。「もはや、忍びきれない。いっそ絶えてしまえ」。散り飛んでゆく危うい命を玉の緒に縁ある「絶え」「ながい」「弱い」で、ようやく結ぶ。柏木が死を思うのは源氏に知られてしまってからのこと。内親王のお歌は恋が実る前に耐える限界を知ってしまう。もし柏木が踏みとどまっていたら、それは、柏木ではなく薫の愛。

後鳥羽上皇の女歌は、式子内親王の男歌への返歌のように思われる。

後鳥羽上皇の御歌、

橋ひめのかたしき衣さむしろに待つ夜むなしきうぢの曙

宇治の橋姫は薫を待つ浮舟。曙に思いをかける上皇の感性は、秋の夕暮れを良しとした紫式部ではなく、清少納言のもの。

持統天皇が香具山を詠まれた歌に繋がる国見の姿勢。

ほのぼのと春こそ空にきにけらし天のかぐ山霞たなびく

後白河法皇の御所で、後鳥羽天皇にお目見えした日、私は息をのんだ。後鳥羽天皇は若い日の宗盛そっくり。天皇の父上は、宗盛の母時子の妹建春門院の皇子。血のつながりというより、盛りの勢いが持つ華やかさが似ていたのか、日を浴びた若木のような帝に昔日の兄を重ね、我子を想い、涙ぐんだ。

私を見つめる天皇の目。その目を、私は見たことがある。安徳天皇の目。いや、兄の目。目と目が重なる一瞬。それは、魂の交錯。いや、生身の振動がそのまま、皮膚に触れる感覚。この陶酔。初めてのようであり、ずっと知っていた懐かしいもの。これこそ、式子内親王のお歌の奥にあるもの。それだけが本当に私のものと言えるもの。

内親王の題詠歌は、物語を読みこんで創り出されている。とはいえ、内親王の身を通した切実さが、同じ時代を生きた私の胸を突く。

この世には忘れぬ春のおもかげよ朧月夜の花の光に

春の盛りに目にした平家公達を長く心に秘められた内親王。大輪の恋歌の背後に封印された、風に舞う桜花と平家公達。

いつきの昔おもひいでて
時鳥《ほととぎす》そのかみやまの旅枕ほの語らひし空ぞ忘れぬ
尋ねべき道こそなけれ人知れず心は馴れて行き返れども

内親王の忘れえぬ語らいの空、それは、斎院の昔の想い出という。斎院主催の祀といえば勅使が立てられ都中が賑わう行事。『源氏物語』車争いの舞台。宗盛が憧れを募らせた御車の奥の斎院。お互いに意識し合ったときがあったけれど、その思いを通わす手立てもないまま、ひとり思慕が人生になってしまう胸のうち。

恋のお相手は、定家とも、法然上人とも噂された。歌の道を究めた歌人や仏の道を示した僧侶とは違う、ただ華やかに時めいていた平家公達。その風雅に青春の幻影を結晶させた内親王。結晶の核は、凡庸な宗盛で充分、小さな核こそ見事な玉を結ぶ。

伊勢斎宮は都を遠く離れていたが、斎院御所は都の中心近く、宮中とはまた違う華やぎのある場所。若い斎院が清らな平家公達に目を止める機会は、多かったはず。斎院の母から平家の滋子に心を移した法皇。母への同情と父が愛した平家一門への興味。

いかにせむ岸打つ波のかけてだにしられぬ恋に身を砕きつゝ

「波には打ち寄せてゆく渚があるのに、私の恋は相手さえ気づかぬ片思い。ひとり空しく身を砕くのみ」。詠ずる内親王の心に拡がる渚とひたひたと打ちよせる波。それは、私が平家滅亡と共に目の当たりにした光景。

源平争乱を惨敗に導いた優柔な兄。敗戦の平家一門が次々と海に身を投げてゆくなか呆然としていて、見かねた郎等に船から突き落とされて源氏に囚われた宗盛。女院方が遊びに出られても御一緒することのなかった内親王が、後白河法皇五十賀のおり、維盛が舞う青海波の拍子をとる宗盛をみつめていたお姿。

そんな内親王に自分を重ね、私を抱いた兄には一門繁栄のためだけでない思いもあったなどと夢想してみる。長く生きるうち人生は自分で作る物語に変わってゆく。

時代を吹き荒らす同じ風を受けて、斎院、女院として人生を歩んだ私たち。六道を巡った私と御簾のなかで生きられた内親王。

御簾のなかから、天皇家周辺で繰り拡げられる謀略、心がわりを見てこられた内親王は、斎院として長く神にお仕えしながら、神を信じておられぬよう。出家された内親王は、仏事を修められていない。法然上人の教えに帰依したといわれる内親王が、念仏を唱えておられたとは聞かない。

末世に生きる身を如何に往生させるか、法皇はじめ宮廷が仏事や呪術に追われているなか、式子内親王は人々が忌み慎んだ死穢《しえ》も気にせず静かに暮らしておられた。

病に倒れたとき、定家や女房たちが加持祈禱を勧めても、一言「無用」。祈禱をしようと、護摩を焚こうと、人は死に、内乱の世は阿鼻叫喚の修羅場となってゆく。

正治三年（一二〇一）、後鳥羽上皇が、式子内親王を東宮の准母として院号を贈ろうとされた矢先、内親王は亡くなってしまう。丁度、一月の終わり、大炊御門殿の梅が薫っていたとき。

ながめつる今日は昔になりぬとも軒端の梅よ我れをわするな

軒端の梅に託して、私を忘れないでと語りかけたのは、後鳥羽上皇か、宗盛か。
この年、上皇は、『新古今集』勅撰を慈円、定家らに命じられた。

内親王が亡くなって、はや二十数年。

八条院の広大な荘園を手に入れた後鳥羽上皇。世の激動をよそに、歌に生きようと心に決めた定家。その定家が見込んだ源実朝は殺された。三代将軍暗殺で混乱していた幕府を討つべく、上皇自ら鎧を身につけ挙兵した。
再び王権をと軍を率いた上皇に対して、追いつめられた武士集団をまとめたのは北条政子。鎌倉に幕府を開いて以来、所領を安堵した恩義を思い起こさせ、道理に背いた院宣を無視するよう促した。武士が院宣に対抗した初めての戦いを勝利に導いたのは、尼将軍と言われた政子。

政子について
「女人入眼の日本国いよいよまことなりけり」

立波文

女人がこの国を完成させると言う言葉が真実になった、と記した慈円は、頼朝を西海に消えた宝剣に代わる王家の宝と考えた。武威の象徴である剣を失った以上、それに代わる武士の存在は不可欠であると。

関白九条兼実の弟である慈円は、承久の乱の前年まで、戦に臨もうとする後鳥羽院に対する諫奏《かんそう》の書『愚管抄』を書き続ける。藤原出身の后が天皇の母となる王家と藤原家の魚水合体の政は、不比等の娘が聖武天皇の母となったときからの約束であると。

上皇が鎌倉幕府を倒そうとした承久の乱（一二二一）は、直ちに終結した。かつて平家と鬩《せめ》ぎ合った後白河法皇の血が流れていた上皇故の無謀か。武家が歌を詠むなら自らも軍の道と思われたのか。

あの晴れやかなお姿の裡《うち》には、宝剣なしに天皇になられた負い目を隠しておられたのか。それを払拭しようと自ら刃を手にした上皇。いや、幕府への攻撃は勝つためではない。流れてゆくため。光源氏に自らを重ねて。

上皇は長い歳月、反乱を心に育て、遠流を夢みていたように思われてくる。

駒なめてうちいでの浜をみわたせば朝日にさわぐしがの浦波

乱の僅か一ヶ月後、政子の甥、北条泰時率いる幕府軍によって都は占拠された。上皇は隠岐へ流され、泰時は、大陸の律令とは異なる日本の実情に合わせた法を工夫した。こうして京は鎌倉に、公家は武家に支配の座を明け渡した。

上皇は、流謫のときこそ歌の真髄をと、『新古今集』に秀歌だけを残す努力をしておられた。鏡は清心を、玉は自然を、剣は武力を象徴して続いた皇統は、剣を西海へ返して真のスメラミコト、神ながら成る澄む心の御言自体になった。


「祇園精舎の鐘の声」

で始まる『平家物語』は、

「寂光院の鐘の声」

で終わる。けれど、人生は私を早々と死なして納得する物語とは違う。生き残って菩提を弔えと命じ海に飛び込んだ母が、許せなかった。いや、母から子を奪い返せなかった自分に、我慢できなかった。

いまは思う。持統天皇が天照大御神となって孫を降臨させたように、孫を抱いて海の国へ降りた母には、母の道があったのだと。そして、何もできなかった自分も許したい。人生が勝ち負けではなく、どれだけ深く味わうかであるなら、流水が走り火焔が拡がる世を見た私こそ果報者。

所領を返されても、暮らしはこのままが良い。大原で得た安らぎ。花を摘み、仏に捧げて生きてゆく。自分の命を自分の手と足で支える喜び。

そう、歩いていると、山と私が一つになって動いているとしかいいようのない時が訪れる。

仏はつねにいませども
うつつならぬぞあはれなる
人の音せぬ暁に
ほのかに夢に
見えたまふ

と今様が唄うように、山にも心のなかにも偏在する御仏にどのように会えるかは人それぞれ。

この穏やかな日々のあと、病と死が訪れて、それが次の命と代わる、このようにして世が成り立つなら、浄土に生まれ変わる必要など何処にあろうか。もう、見ること思うことは私のなかで一つ。内親王のお歌のように。

見しことも見ぬ行く末もかりそめの枕に浮かぶまぼろしの中

「まぼろし」は『源氏物語』のなかで、桐壺帝と光源氏がそれぞれ亡き最愛の人を求めて詠んだ歌の言葉。手に入らないものを求める妄執。対して、内親王のお歌の「まぼろし」は、ありてなき世のたとえ。しかも、斎院退下のあとに詠まれたお若いときのお歌。この世の定め無さを、そんなに早くから見詰めておられた内親王の慧眼と、ようやく知った私の凡庸。とはいえ、先帝も兄も法皇も皆、亡くなり、昔の自分を話し相手にしている私は、よく内親王のお歌のなかに住んでいるような気になる。

おわりに

慰霊地は今安らかに水たたふ如何ばかり君ら水を欲りけむ

皇后美智子さまの御歌には、平家一門の飢えと渇きに連なる反戦の思いと平和への祈りが感じられます。太平洋戦争で戦死した二百四十万の兵士のうち、広義の飢餓による死者が七割に及ぶというのです。

留学生と共に、『平家物語』「六道沙汰」、戦の悲惨を語る建礼門院の言葉を読み、いま東アジアの若者と共に学べる有り難さに込み上げてくるものがありました。源平の戦は『平家物語』を残しました。それに比肩しうる『アジア太平洋戦争物語』はありません。『アジア太平洋戦争物語』は、東アジアの視点なしでは完成しません。歴史を共有する若者たちが長い年月をかけて作ってゆくことになるのでしょうか。

平成も終わりますが、私は、節目に平安時代の衣裳を目にできる家のある仕合わせを思います。

けれど、一方、皇室の女性に不当なお願いをしているのではないかと危惧いたします。改姓や婚家の宗教儀式に当惑していた昔の自分を思い出します。

男女同権が憲法で謳われているにもかかわらず、この国の男女格差は問題です。では男性が抑圧しているのかと考えると、男性も被害者のようです。かつて大御神は女であったのに、大陸の儒教文化、西洋の近代思考を取り込むときに、何故か女性の権利が剝奪されています。

律令国家体制を大陸に倣って作ってみたものの、面白くない。そんな男たちの鬱憤を晴らすため、儒教の男尊女卑が過剰に取り込まれたのでしょうか。明治維新後、欧米に倣って近代国家を作ろうとしたときも、同じ気分に落ち込んだ男たちが、かつて素晴らしい女帝のいた国で、女の皇位継承権を否認したのでしょうか。

古代から今日まで、生きた場所や時代で女性の運命は大きく変わりました。これから、どう生きてゆけばよいのか、制度やメディアに取り込まれるのではなく、それぞれ当事者が話し合って合意できる形を探してゆく、お互いに生きやすい生活をデザインしてゆきたいものです。

とはいえ、胸中深く秘めておきたいものもあります。いや、言葉にはならないこと、それを言葉にするためにこそ生きてみたいと思わすもの、秘密の核を持って育まれる真珠のような、式子内親王の歌のような、言葉が作ってゆく現より鮮やかな夢まぼろし。

京都に住んでおりますと、藤原定家代々の冷泉家乞巧奠《きっこうでん》など、平安衣裳を身につけた方々の古式ゆかしい調べで歌を聴く機会に恵まれます。友人は、かねてより平成の勅撰集がほしいと言っていました。私はおいそがしい毎日に更なるご負担はと考えておりましたが、上皇上皇后になられたら、『平成勅撰集』を作っていただきたいと思います。日本を占領したＧＨＱの試みたローマ字表記はまぬがれたものの、漢字に制限を加える国語審議会が規制する表記法に縛られるのではなく、多面的意味を持つ古代からの言葉につらなるために。更には、戦はなかったけれど、天災に怯え人災というべき原発問題にも直面した時代を、後世にしかと残すために。

諸行無常は『平家物語』の世界だけではなく、現代技術のすさまじい進歩のことも指しています。「不易流行」。厖大な情報の海から変えてはならない大切なものを残す。人間だけが認知症をおこすのは、生物としての人間に不要な物を貯め込んでいるからという話もあります。

律令国家体制を取り込んだ持統天皇時代とは、違う形でグローバル・スタンダードが求められている現在、技術のめざましい発展が世界を変えています。テクノロジーが作る新しい環境が住み良いかどうかは、それぞれが判断することです。しかも、進み始めた技術を止めるには厖大なエネルギーを必要とします。技術は、いわば人間の脳を外在化したもの。もはや、それをデザインした人間にさえ、ブラックボックスになってきています。これ以上の技術革新には、滅びの美学だけが待っているのかもしれません。

けれどもまた、産業革命が過酷な肉体労働から人々を解放したように、AI革命が私たちを無益な頭脳労働から解放してくれると期待したくもなります。とはいえ、ITはそもそも軍事を基盤に発展し、AI兵器は、火薬、核兵器に続く「第三の革命」になる怖れがあるそうです。

そう、私の勉強しているデザインは平和産業ばかりではなく、戦争に深く関わってきたのです。受講生が、「これまで教室で学んだ歴史や見学で見た資料は知識の対象だったけれど、デザインを専攻して聴く講義で自分事になった」と話してくれました。

競い合ったり争ったりすることは、物語のなかで興じてみたいことであっても、現実をそのような場にしてしまうのは、知性あるはずの人類に似つかわしくはないと思います。国家間での争いが無意味になる日、私たちが人工知能ならぬ自然感性をのびやかに解放して生きてゆくことができる時代を夢みたい。

講義室で語り合う学生を前にしていると、溢れる情報は悲観的であっても、でも未来は信じて良いと思うのです。台湾に伝わる昔がたりを絵本にしたいという留学生のアナログ愛は私と一緒です。韓国留学生は「曽根崎心中」を観て、言葉は理解できないのに、人形が表現するお初の気持は全部わかったと言いました。それは私が初めて文楽を観たときの印象でもありました。災害の多いインドネシアで用意される避難所を少しでも快適にしたいという留学生は、几帳や屏風でプライバシーを守る平安貴族の智恵に感心していました。地球物理学を勉強してきた中国留学生は、地球環境を考えるためのゲーム開発に一生懸命でした。留学生の話す日本語はそれぞれ、母語の陰影をおびて個性的で、なかなか魅力的です。日本語が生まれてきた経緯と日本語のこれからを見ているような気がいたしました。

私の過ごした青春時代、人生が生産主義的に手段化されていた感じがありました。アメリカ帝国主義を糾弾していた学生運動家が、あっという間にモーレツ社員に変身する様も見ました。経済的富で手にする幸福とは違う価値を求める若者たち。物をあまり消費しないシンプルな生活。自然と自分が好き。でも、さまざまな文化を自在に取り込み工夫してみる。そんな学生たちに私も学んでゆきたいと思います。そう、私たちに必要なのは、技術の進展に見合うだけの個人の深化。技術の進歩が個人の退歩に繋がらないようにする、学びと遊びの場。

『文様記』制作には、読書会、宮滝研修など、あずきや塾の皆さんのお世話になりました。インターネットで知識が簡単に手に入る時代、それはそれで有難いことですが、それが身に付くためには、人と語りあう場が必要です。それから、原稿を読んでアドバイスをくださった方、資料を送って下さった方、たくさんの友人に助けてもらいました。また、新たな知見で歴史の見方が大きく変わってゆく様を、多くの書物が教えてくれました。

『文様記』出版には、山下徹さん、「株式会社ほんの木」の皆さんに御尽力いただき、深謝いたします。

【鏡の巻】人物相関図①

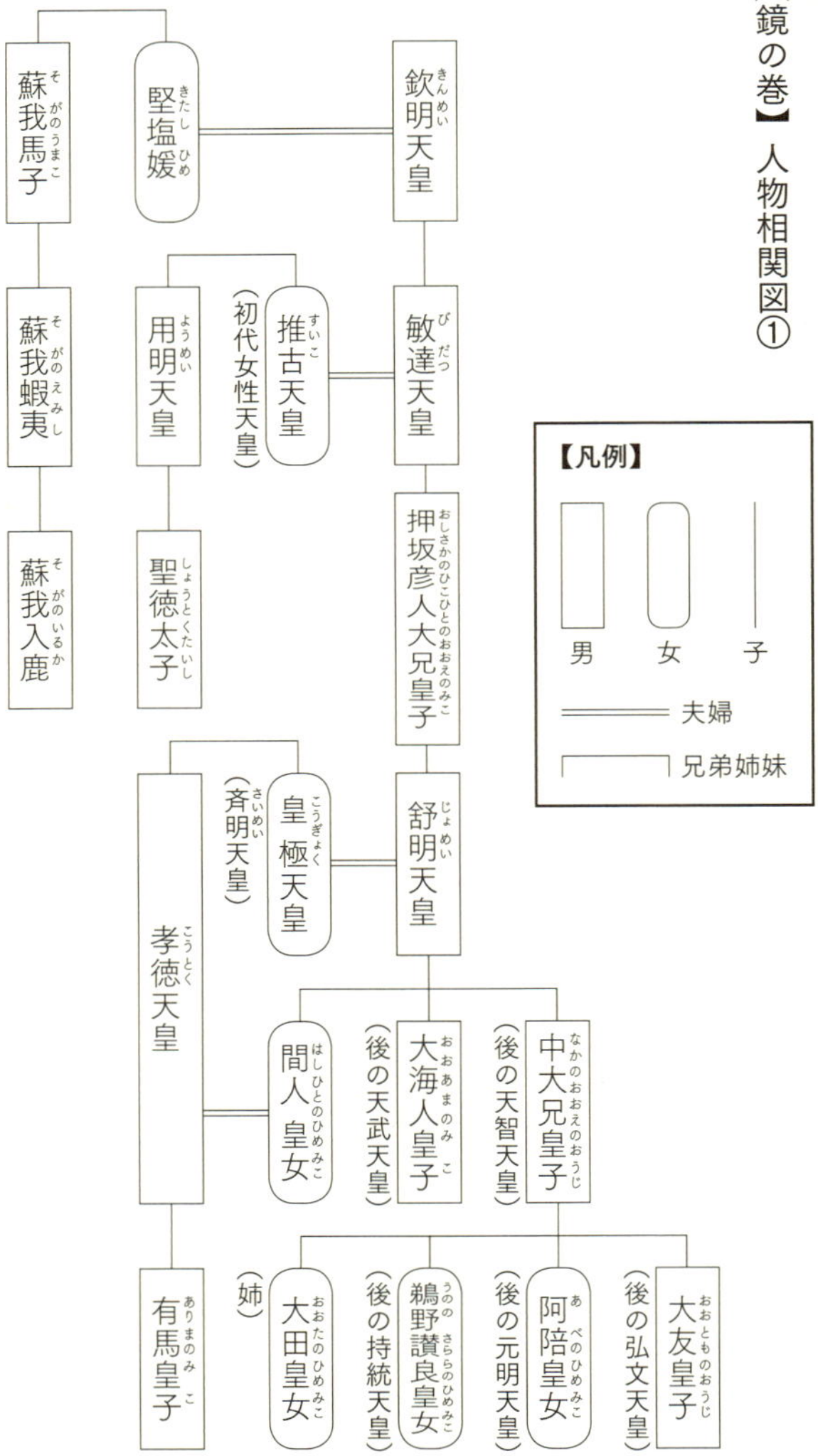
欽明《きんめい》天皇
堅塩《きたし》媛《ひめ》
蘇我《そがの》馬子《うまこ》
敏達《びだつ》天皇
推古《すいこ》天皇
（初代女性天皇）
用明《ようめい》天皇
蘇我《そがの》蝦夷《えみし》
押坂彦人大兄皇子《おしさかのひこひとのおおえのみこ》
聖徳太子《しょうとくたいし》
蘇我《そがの》入鹿《いるか》
舒明《じょめい》天皇
皇極《こうぎょく》天皇
（斉明《さいめい》天皇）
孝徳《こうとく》天皇
中大兄皇子《なかのおおえのおうじ》
（後の天智天皇）
大海人皇子《おおあまのみこ》
（後の天武天皇）
間人皇女《はしひとのひめみこ》
有馬皇子《ありまのみこ》
大友皇子《おおとものおうじ》
（後の弘文天皇）
阿陪皇女《あべのひめみこ》
（後の元明天皇）
鸕野讃良皇女《うののさららのひめみこ》
（後の持統天皇）
大田皇女《おおたのひめみこ》
（姉）
【凡例】
男
女
子
夫婦
兄弟姉妹

【鏡の巻】人物相関図②

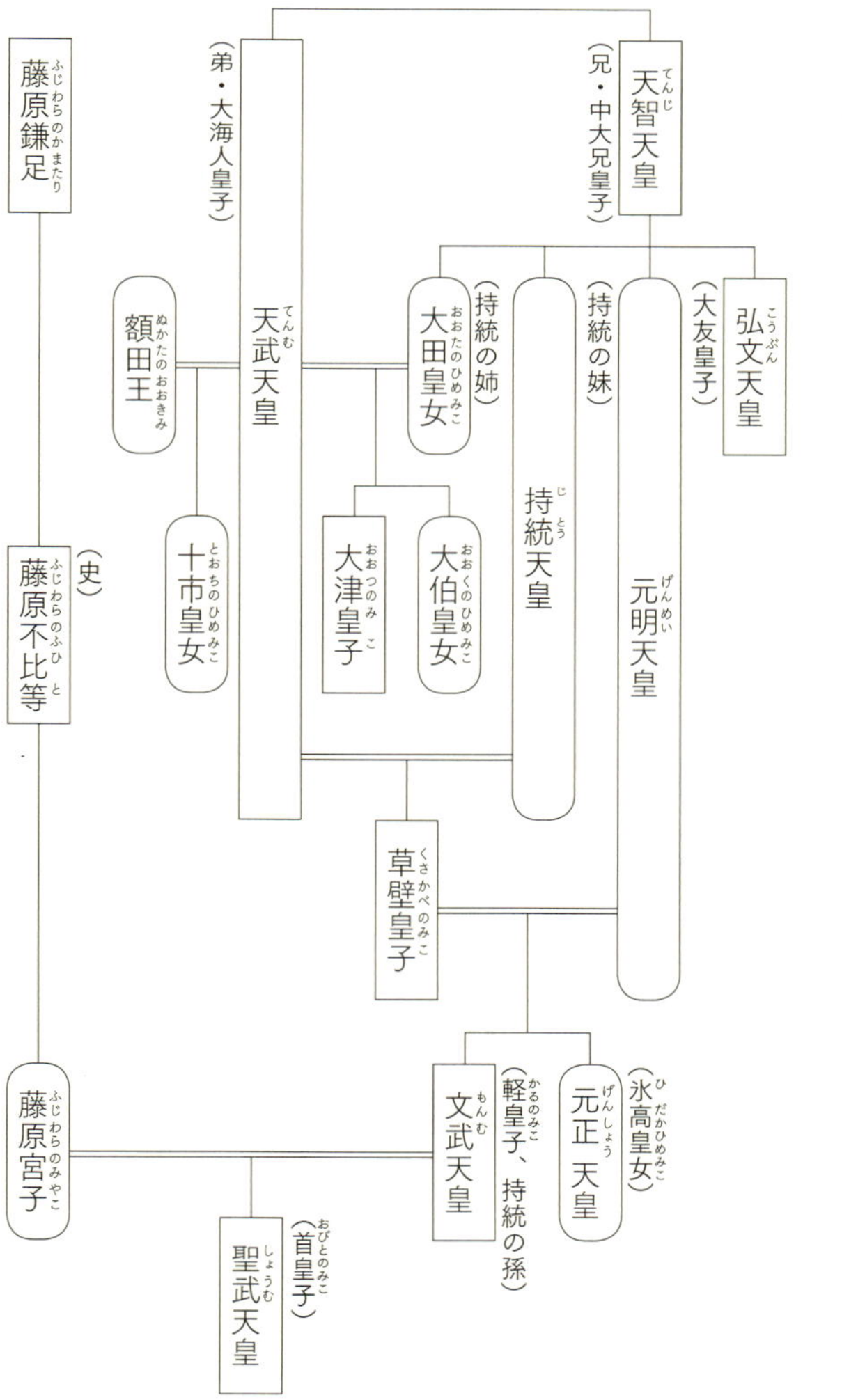

※編集部注：人名の表記・読み方については諸説ありますが、一般的と思われるものを記載しています。

【鏡の巻（持統天皇）】

欽明《きんめい》天皇	第29代天皇。推古天皇・敏達天皇・用明天皇・崇峻天皇の父
敏達《びだつ》天皇	第30代天皇。欽明天皇の第2皇子。推古天皇の夫
用明《ようめい》天皇	第31代天皇。穴穂部間人皇女《あなほべのはしひと》との間に聖徳太子をもうけた
推古《すいこ》天皇	第33代天皇。初代女帝。欽明天皇の第3皇女、母は堅塩媛
聖徳太子《しょうとくたいし》	用明天皇の皇子。叔母推古天皇の摂政
堅塩媛《きたしひめ》	欽明天皇の妃。蘇我稲目《そがのいなめ》の娘。用明・推古天皇らの母
蘇我馬子《そがのうまこ》	蘇我稲目の子。蝦夷《えみし》、法提郎女《ほほてのいらつめ》らの父
蘇我蝦夷《そがのえみし》	蘇我馬子の子。推古天皇崩御後、舒明天皇を擁立
蘇我入鹿《そがのいるか》	蘇我蝦夷の子。皇極天皇のとき権勢を極め、中大兄皇子らによって暗殺された
舒明《じょめい》天皇	第34代天皇。敏達天皇の皇孫。皇極天皇の夫
皇極《こうぎょく》天皇（斉明《さいめい》）	第35・第37代（重祚）天皇。女帝。中大兄（天智天皇）、大海人（天武天皇）、両皇子の母
孝徳《こうとく》天皇	第36代天皇。皇極天皇の同母弟、敏達天皇の曾孫
有馬皇子《ありまのみこ》	孝徳天皇の皇子。謀反の罪により処刑
天智《てんじ》天皇	第38代天皇。中大兄皇子《なかのおおえのおうじ》。持統天皇、大友皇子らの父
天武《てんむ》天皇	第40代天皇。大海人皇子《おおあまのおうじ》。天智天皇の弟。持統天皇の夫
間人皇女《はしひとのひめみこ》	孝徳天皇の皇后。中大兄皇子（天智天皇）や大海人皇子（天武天皇）の妹
持統《じとう》天皇	第41代天皇。女帝。幼名は鸕野讚良《うののさらら》。天智天皇の第2皇女。母は蘇我遠智娘《そがのおちのいらつめ》。天武天皇の妃。草壁皇子の母
大田皇女《おおたのひめみこ》	持統天皇の姉、天武天皇の妃。大伯皇女、

額田王《ぬかたのおおきみ》　大津皇子の母
天武天皇との間に十市皇女《とおちのひめみこ》をもうけ、のちに天智天皇の後宮

大友皇子《おおとものおうじ》　天智天皇の第1皇子。天智天皇の死後、大海人皇子と皇位継承を争い敗れて自決（壬申《じんしん》の乱）

十市皇女《とおちのひめみこ》　天武天皇の皇女。大友皇子の妃

大津皇子《おおつのみこ》　天武天皇の第3皇子。天武天皇の没後、謀反の疑いで自害させられた

草壁皇子《くさかべのみこ》　天武天皇の皇子。母は持統天皇。文武・元正両天皇の父。即位前に死去

文武《もんむ》天皇　第42代の天皇。軽皇子《かるのみこ》。草壁皇子の子。藤原不比等の宮子 娘《みやこのいらつめ》との間に首皇子（聖武天皇）をもうけた

元明《げんめい》天皇　第43代天皇。女帝。名は阿閇。持統天皇の妹。草壁皇子の妃。文武・元正天皇の母

元正《げんしょう》天皇　第44代天皇。女帝。名は氷高《ひだか》。文武天皇の姉

聖武《しょうむ》天皇　第45代天皇。文武天皇の第1皇子。名は首《おびと》

藤原鎌足《ふじわらのかまたり》　中臣鎌子《なかとみのかまこ》、のち鎌足。中大兄皇子らと蘇我氏を滅ぼし大化の改新を断行、律令体制の基礎をつくる。藤原氏の祖

藤原不比等《ふじわらのふひと》　史《ふひと》とも表記。藤原氏繁栄の基礎を築いた

※編集部注：人名の表記・読み方については諸説ありますが、一般的と思われるものを記載しています。

【玉の巻】人物相関図①

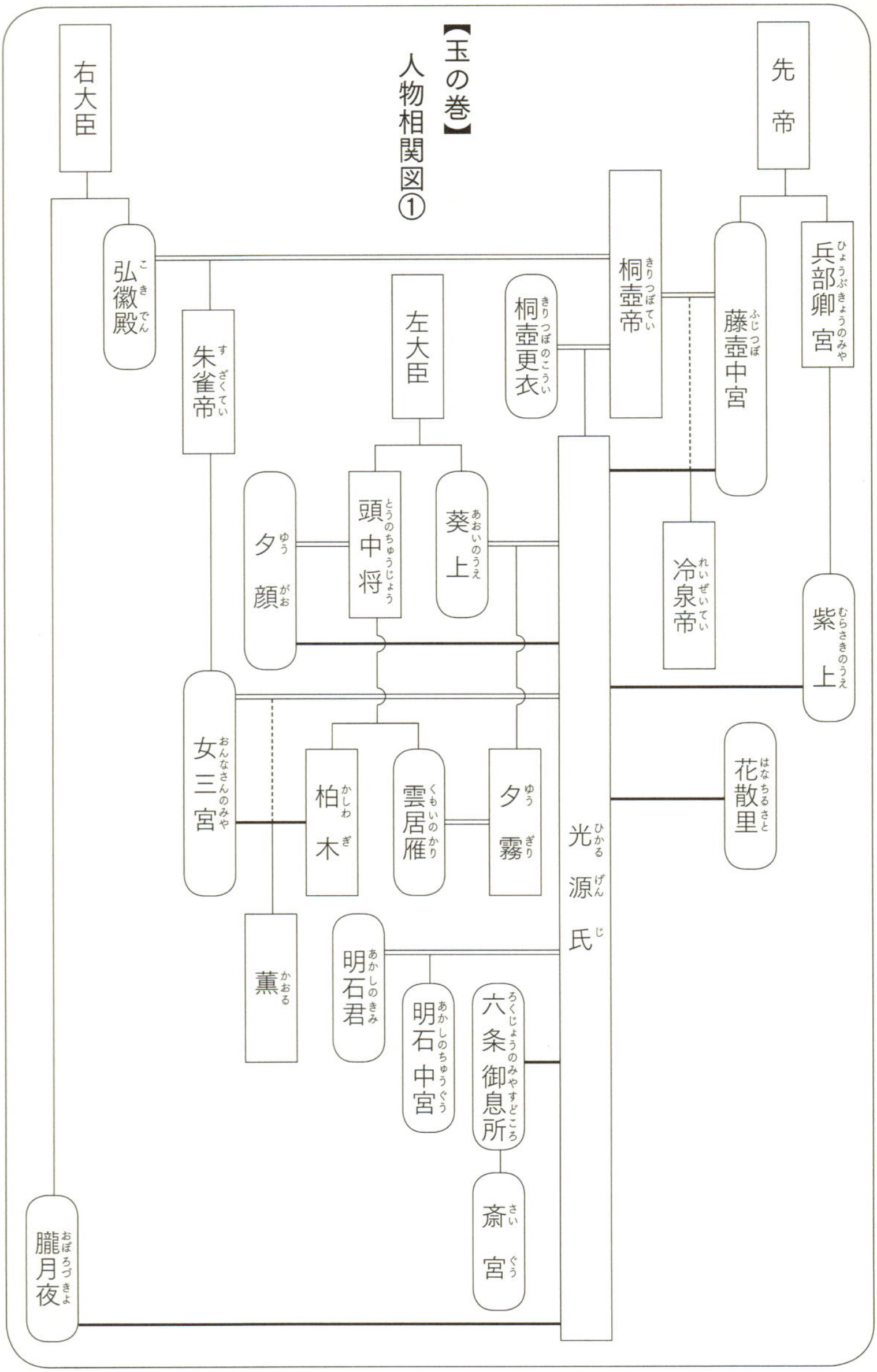
先帝
兵部卿宮《ひょうぶきょうのみや》
藤壺中宮《ふじつぼ》
桐壺帝《きりつぼてい》
桐壺更衣《きりつぼのこうい》
右大臣
弘徽殿《こきでん》
朱雀帝《すざくてい》
左大臣
頭中将《とうのちゅうじょう》
葵上《あおいのうえ》
夕顔《ゆうがお》
冷泉帝《れいぜいてい》
紫上《むらさきのうえ》
花散里《はなちるさと》
光源氏《ひかるげんじ》
女三宮《おんなさんのみや》
柏木《かしわぎ》
雲居雁《くもいのかり》
夕霧《ゆうぎり》
薫《かおる》
明石君《あかしのきみ》
明石中宮《あかしのちゅうぐう》
六条御息所《ろくじょうのみやすどころ》
斎宮《さいぐう》
朧月夜《おぼろづきよ》

【玉の巻】人物相関図②

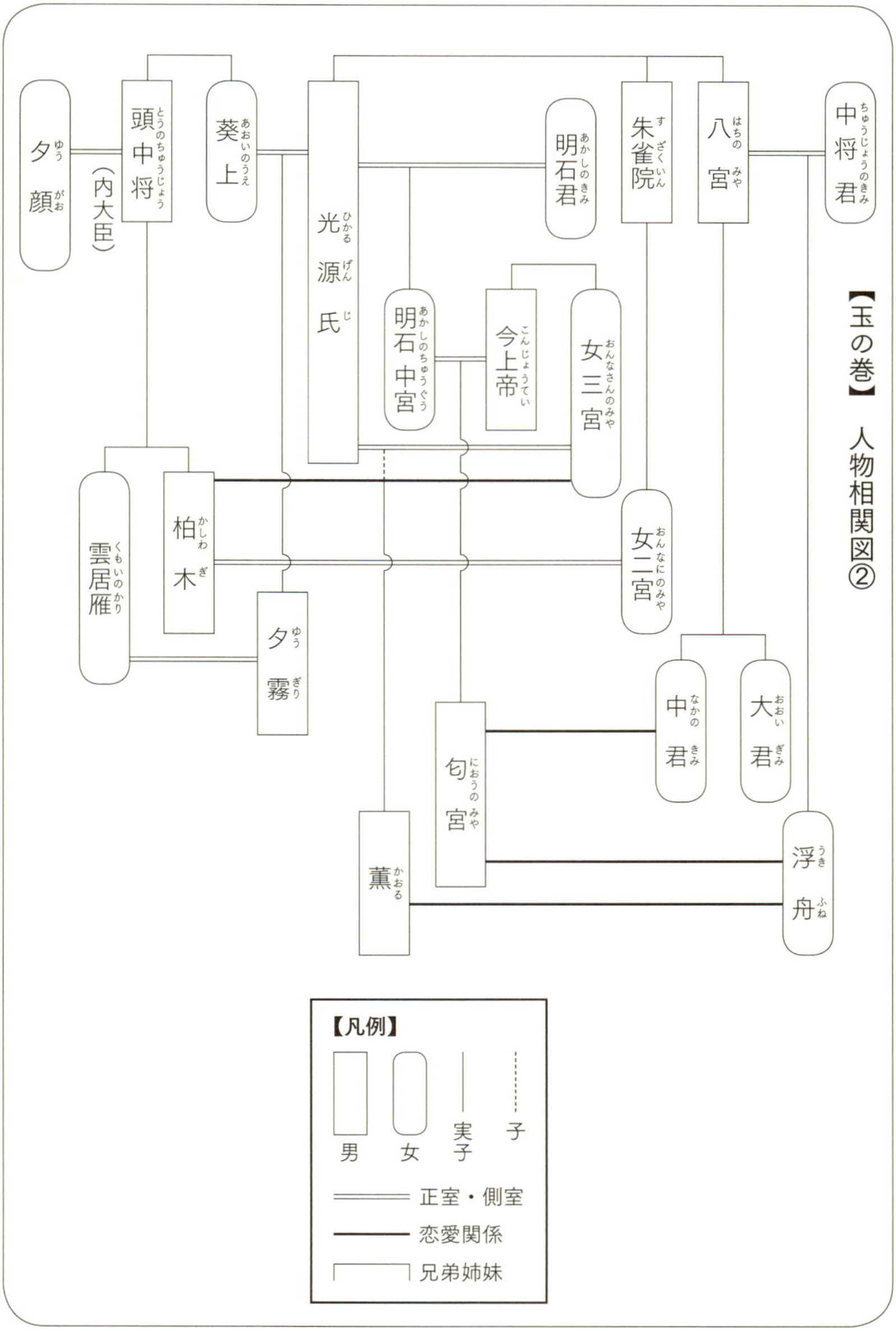

※編集部注：人名の表記・読み方については諸説ありますが、一般的と思われるものを記載しています。

【玉の巻（源氏物語）】

光源氏《ひかるげんじ》　桐壺帝の第2皇子

桐壺帝《きりつぼてい》　光源氏の父

桐壺更衣《きりつぼのこうい》　光源氏の母。故大納言の姫君。光源氏が幼少の頃死去

弘徽殿女御《こきでんのにょうご》　右大臣家の娘で桐壺帝の正妻

藤壺《ふじつぼ》　先帝の娘。桐壺帝の后となり冷泉帝《れいぜいてい》をもうける（実は光源氏との不義の子）

葵上《あおいのうえ》　左大臣家の娘。光源氏の正妻。夕霧出産後死去

夕顔《ゆうがお》　頭中将の側室

六条御息所《ろくじょうのみやすどころ》　光源氏の亡伯父（皇太子）の未亡人。光源氏の愛人。生霊となり葵上に取り付いた

紫上《むらさきのうえ》　兵部卿宮（藤壺の兄）が外につくった娘。幼少の頃（若紫）光源氏に引き取られ、後に光源氏の側室となる

朧月夜《おぼろづきよ》　右大臣家の姫君で弘徽殿女御の妹。朱雀《すざく》帝《てい》の后。光源氏の愛人

花散里《はなちるさと》　麗景殿女御（桐壺帝の妃）の妹。光源氏の側室

明石君《あかしのきみ》　光源氏が明石へ流離の身となっている時に、光源氏の側室となる

明石中宮《あかしのちゅうぐう》　光源氏と明石君の娘。今上帝《こんじょうてい》との間に匂宮をもうける

頭中将《とうのちゅうじょう》　左大臣家の御子。葵上の兄。柏木、雲居《くもい》雁《かり》の父。後の内大臣

夕霧《ゆうぎり》　光源氏と葵上の御子

女三宮《おんなさんのみや》　朱雀院の娘。今上帝の妹。光源氏の正妻

柏木《かしわぎ》　内大臣（もと頭中将）の息子。女二宮の夫。薫の実の父

秋好中宮《あきこのむちゅうぐう》　六条御息所の娘。斎宮《さいぐう》。冷泉帝の后

匂宮《におうのみや》　今上帝と明石中宮の御子

薫《かおる》　光源氏と女三宮の御子（実は柏木と女三宮の不義の子）

八宮《はちのみや》　桐壺帝の第八皇子
浮舟《うきふね》　八宮と中将君との間の娘
宇治《うじ》の大君《おおいぎみ》・中君《なかのきみ》　八宮の娘
雲居雁《くもいのかり》　内大臣（もと頭中将）の娘

※編集部注：人名の表記・読み方については諸説ありますが、一般的と思われるものを記載しています。

【剣の巻（平家物語）】人物相関図

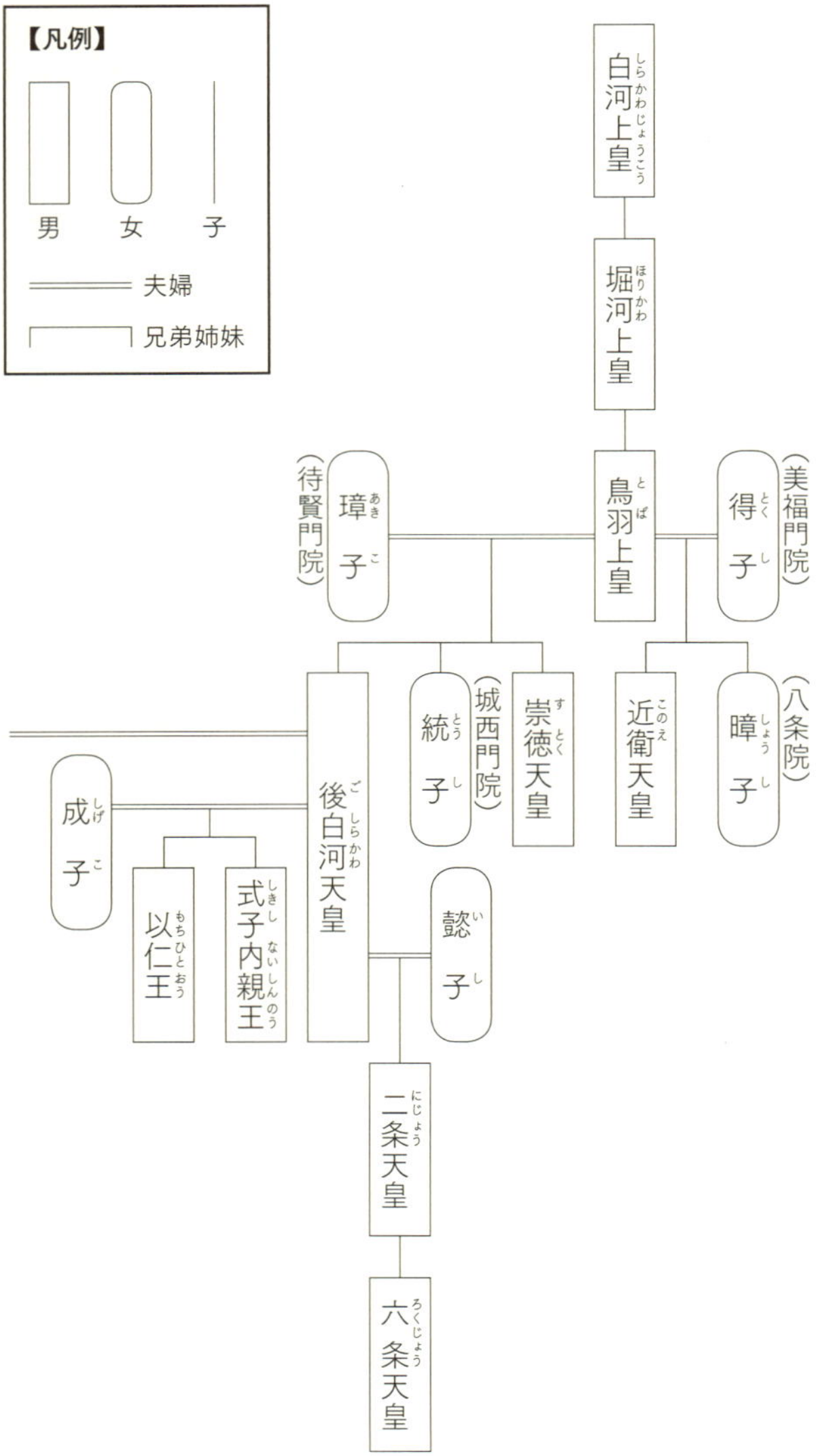

※編集部注：人名の表記・読み方については諸説ありますが、一般的と思われるものを記載しています。

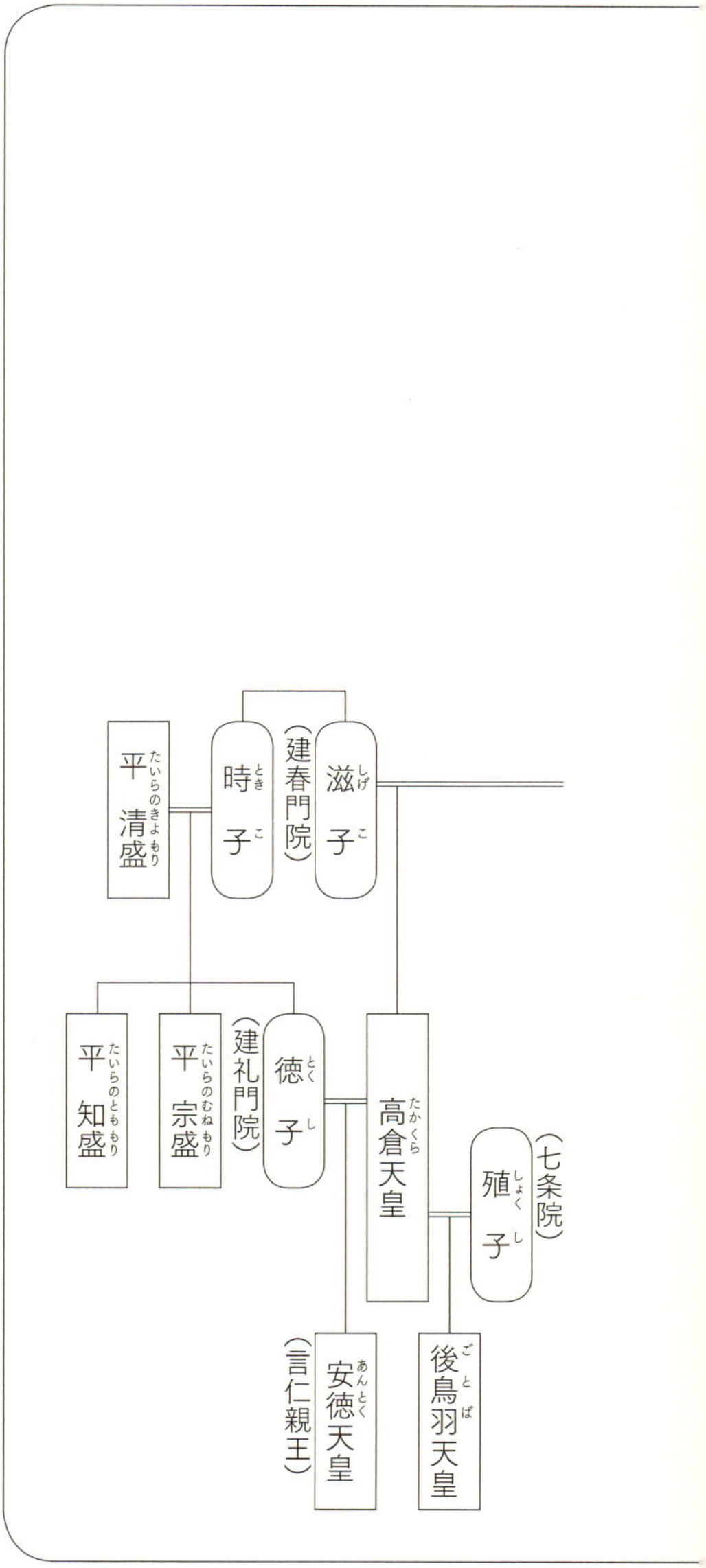

【剣の巻（平家物語）】

白河上皇《しらかわじょうこう》　第72代天皇。堀河・鳥羽・崇徳天皇の上皇として政務を執った。院政の始まり

鳥羽《とば》上皇　第74代天皇。堀河天皇の第1皇子。美福門院得子との間に近衛天皇と暲子をもうける

得子《とくし》（美福門院《びふくもんいん》）　鳥羽天皇皇后。藤原長実の娘。近衛天皇、暲子の母

暲子《しょうし》（八条院《はちじょういん》）　鳥羽天皇の皇女。二条天皇の准母として院号宣下され八条院となり膨大な院領を保持し政治に影響力をもった

近衛《このえ》天皇　第76代天皇。鳥羽天皇の皇子。3歳で即位。在位中、鳥羽上皇が院政をおこなう

璋子《あきこ》（待賢門院《たいけんもんいん》）　鳥羽天皇の皇后。藤原公実の娘。崇徳、後白河天皇の母。白河上皇の下で養育される

崇徳《すとく》天皇　第75代天皇。鳥羽天皇の第1皇子。5歳で即位。実は白河上皇の皇子といわれ、院政をしく鳥羽上皇の意向で3歳の近衛天皇に譲位させられた

統子《とうし》（城西門院《じょうさいもんいん》）　鳥羽天皇の第2皇女。後白河天皇の准母皇后

後白河《ごしらかわ》天皇　第77代の天皇。鳥羽天皇の第4皇子。上皇・法皇として、二条・六条・高倉・安徳・後鳥羽天皇の院政を行った

滋子《しげこ》（建春門院《けんしゅんもんいん》）　後白河天皇の側室。高倉天皇の母。父は平時信。姉時子は平清盛の妻。後白河上皇と平家との最も親密な時期を招いた

平　清盛《たいらのきよもり》　平忠盛の長男。妻時子の妹滋子を後白河院にいれ、その皇子高倉天皇のもとへは娘徳子を入内《じゅだい》させた。徳子の皇子が即位するに及び、清盛は天皇外祖父の地位を獲得

徳子《とくし》（建礼門院《けんれいもんいん》）　父は平清盛。母は時子。高倉天皇の中宮として安徳天皇を産む。１１８３年、平

氏とともに西走、壇ノ浦の戦で入水したが助けられて帰京。出家し大原の寂光《じゃっこ》院《ういん》に閑居

平　宗盛《たいらのむねもり》　平清盛の3男。兄重盛、父清盛の死後、一門を率いて源氏に抗戦し壇ノ浦の戦で捕えられ、近江で処刑

平　知盛《たいらのとももり》　平清盛の4男。源義仲に追われて都落ちし壇ノ浦の戦いに敗れ入水

式子《しきし》内親王《ないしんのう》　後白河天皇の第3皇女。以仁王の妹

以仁王《もちひとおう》　後白河天皇の第3皇子。源頼政とともに兵を挙げたが戦死。通称は三条宮

成子《しげこ》　藤原季成《ふじわらのすえなり》の娘（高倉三位）。以仁王、式子内親王の母

高倉《たかくら》天皇　第80代天皇。後白河天皇の第7皇子。母は滋子。平清盛の娘徳子（建礼門院）を皇后としたが、法皇と清盛の不和を憂えて安徳天皇に譲位

安徳《あんとく》天皇　第81代天皇。高倉天皇の第1皇子。母は建礼門院徳子。3歳で即位。壇ノ浦の戦で平氏一門とともに入水

殖子《しょくし》（七条院《しちじょういん》）　徳子（建礼門院）に仕え、のち高倉天皇との間に後鳥羽天皇をもうける。国母として権勢を有し後鳥羽より多くの荘園を譲られた（七条院領）

後鳥羽《ごとば》天皇　第82代天皇。高倉天皇の第4皇子。母は七条院殖子

二条《にじょう》天皇　第78代天皇。後白河天皇の第1皇子。母は源　懿子《みなもとのいし》

六条《ろくじょう》　天皇　第79代天皇。二条天皇の皇子。2歳で即位5歳で譲位

※編集部注：人名の表記・読み方については諸説ありますが、一般的と思われるものを記載しています。

主な参考文献

「鏡」

戸矢学『三種の神器』河出書房新社、二〇一二年
吉野裕子『持統天皇』人文書院、一九八七年
直木孝次郎『神話と歴史』吉川弘文館、二〇〇六年
北山茂夫『女帝と詩人』岩波現代文庫、二〇〇〇年
李寧熙『天武と持統――歌が明かす壬申の乱』文藝春秋、一九九〇年
外山軍治『則天武后』中公新書、一九六六年
栗津潔『文字始源　象形文字遊行』東京書籍、二〇〇〇年
『梅原猛著作集八』集英社、一九八一年
赤井益久『NHKテキスト　漢詩をよむ　詩人たちの肖像』NHK出版、二〇一八年
吉村武彦『女帝の古代日本』岩波新書、二〇一二年
入江曜子『古代アジアの女帝』岩波新書、二〇一六年
原武史『〈女帝〉の日本史』NHK出版新書、二〇一七年

溝口睦子『アマテラスの誕生』岩波新書、二〇〇九年
水谷千秋『女帝と譲位の古代史』文春新書、二〇〇三年
熊谷公男『日本の歴史03　大王から天皇へ』講談社、二〇〇〇年
筑紫磐井『女帝たちの万葉集』角川学芸出版、二〇一一年
大山誠一『天孫降臨の夢』NHK出版、二〇〇九年
ドナルド・キーン『日本文学の歴史』中央公論社、一九九四年

「玉」
塚本邦雄『源氏五十四帖題詠』ちくま学芸文庫、二〇〇二年
竹西寛子『王朝文学とつきあう』ちくま文庫、一九九四年
服藤早苗『平安王朝の女性たち―「源氏物語」の時代』NHK出版、一九九八年
森朗子『女たちの平安宮廷「栄花物語」によむ権力と性』講談社、二〇一五年
伊原昭『平安朝の文学と色彩』中公新書、一九八二年
近藤富枝『きもので読む源氏物語』河出書房新社、二〇一〇年
川村裕子『装いの王朝文化』角川選書、二〇一六年

丸谷才一『恋と女の日本文学』講談社、一九九六年
千野裕子『女房たちの王朝物語論』青土社、二〇一七年
鈴木裕子『「源氏物語」を〈母と子〉から読み解く』角川叢書、二〇〇四年
日向一雅『謎解き源氏物語』ウェッジ、二〇〇八年
西原志保『「源氏物語」女三宮の〈内面〉』新典社新書、二〇一七年
朧谷寿『藤原彰子』ミネルヴァ書房、二〇一八年

「剣」
秦恒平『女文化の終焉』美術出版社、一九七三年
美川圭『後白河天皇』ミネルヴァ書房、二〇一五年
高橋昌明『平家の群像』岩波新書、二〇〇九年
五味文彦『後白河院』山川出版社、二〇一一年
田渕句美子『異端の皇女と女房歌人』角川選書、二〇一四年
奥野陽子『式子内親王』ミネルヴァ書房、二〇一八年
石丸晶子『式子内親王伝』朝日文庫、一九九四年

竹西寛子『式子内親王・永福門院』筑摩書房、一九七二年
丸谷才一『後鳥羽院』筑摩書房、一九七三年
大澤真幸『日本史のなぞ』朝日新書、二〇一六年
三枝和子『女の哲学ことはじめ』青土社、一九九六年
永井路子『平家物語の女性たち』文藝春秋、一九八六年
佐伯真一『建礼門院という悲劇』角川選書、二〇〇九年
大野順一『歴史のなかの平家物語』論創社、二〇一二年
佐野みどり／並木誠士『中世日本の物語と絵画』放送大学教育振興会、二〇〇四年
橋本治『双調平家物語』中央公論社、一九九八年
杉本秀太郎『平家物語—無常を聴く』講談社、一九九六年

羽生 清（はぶ きよ）
1944年生まれ。京都工芸繊維大学院修士課程修了。
現在、京都造形芸術大学客員教授。
著書に『デザインと文化そして物語』『装飾とデザイン』（以上、昭和堂）、『装うこと生きること―女性たちの日本近代』（勁草書房）、『楕円の意匠―日本の美意識はどこからきたか』（角川学芸出版）。

文様記　歴史に私を織りこむ遊び
2019年3月31日　　第1刷発行

著者　羽生 清
発行人　高橋利直
編集　山下 徹
業務　岡田承子　永田聡子
発行所　株式会社ほんの木
〒101-0047
東京都千代田区内神田1-12-13 第一内神田ビル2階
TEL　03-3291-3011　　FAX　03-3291-3030
E-mail　info@honnoki.co.jp
ブックデザイン　渡辺美知子
本文組版　星島正明
印刷　中央精版印刷株式会社

ほんの木ウエッブサイト　http://www.honnoki.co.jp

ISBN978-4-7752-0117-6　C0030